탐진강
추억 한 사발
삼천 원

탐진강
추억 한 사발
삼천 원

이대흠 산문집

문학들

작가의 말

강마을에서 태어난 나는 여전히 강마을에서 살고 있다.

강마을에 살면서, 밥과 집과 옷을 구하고, 먹고, 자고, 입고, 일하고, 놀고, 읽으며 산다. 나는 강을 놀이터로 삼았고, 강을 읽으며, 강을 따라가며, 강을 배웠다. 삶의 지혜랄 수 있는 것들의 대부분을 강에서 얻었으며, 그 강의 역사와 문화를 통해, 사람살이를 알 수 있었다.

기쁨으로 놀러 와서, 너무 많은 선물을 받고 산다. 햇살과 공기와 물과 풀과 나무와 새와 물고기와 짐승과 균과 바이러스와 사람 등의 도움으로 나는 살고 있고, 그들이 주는 과분한 선물을 늘 기쁘게 받고 있다.

조용히 길을 걷거나, 책을 읽거나, 글을 쓰거나, 노동을 하거나 하는 것들이 내게는 커다란 즐거움이다. 또한 돌멩이나 나무의자에 고요히 앉아, 잎이 피어나는 것을 보고, 무성해지는 것을 보고, 물드는 것을 보고, 그 잎이 지는 것을 보고, 잎이 져서 천천히 썩어가는 것을 보는 것도 환희이다.

이러한 생의 기쁨과 환희가 모두의 것이 되게 하는 데에 내 글의 목적이 있을 것이다. 그러기 위해서는 행복의 기본 조건인 먹고, 자고, 입는 것이 절대적으로 부족하지 않아야 하는데, 그것이 절대적으로 부족한 사람이 많다는 것은 안타까운 일이다.

그 누구라도 먹는 것, 입는 것, 자는 것이 행복의 장애가 되어서는 안 된다. 어떤 이는 남아돌고, 어떤 이는 부족하다. 인간의 욕망은 아무리 채우려 해도 채울 수 없는 것이 분명하기에, 그 욕망을 음식과 옷과 집의 잉여로 두는 것은 바보짓이다. 나누어야 하고, 함께 살아야 진정으로 행복할 수 있다. 따라서 밥과 옷과 집의 소중함을 알아야 하고, 그것들이 욕망을 채우기 위한 수단이 아니라, 행복의 기본 조건이라는 것을 모두가 알아야 한다.

나는 이 책에 실린 원고를 쓰면서, 나의 삶이 지향해야 할 세계는 어떤 것일까? 나아가 우리의 공동체가 나아갈 방향 같은 것은 없는 것일까? 그런 고민을 하였다. 거기에 지역문화에 대한 생각들도 조금 곁들였다. 문학적 상상력을 양념으로 쳤고, 신화적 리얼리즘에 대한 사유도 고명처럼 얹었다.

이 책을 묶으면서 특이했던 점은 제목을 여러 번 바꾸었다는 것이다. 첫 제목은 '탐진강 인문학' 이었고, 그 다음에는 '골목길 인문학' 이었으며, 그 다음에는 '밥과 집과 옷의 인문학' 이었다. 그리고 다시 생각이 바뀌어 '먹다 입다 살다의 인문학' 이라는 제목을 달아 보았다가, '탐진강 역사 문화 기행' 이라는 제목을 붙여 보기도 하였다. 그러다 최종적으로 '탐진강 추억 한 사발 삼천 원' 이라는 제목으로 마음을 굳혔다. 이리저리 붙여본 책 제목이 모두 이 책을 여는 열쇠다. 열쇠치고는 참 헐겁다. 어느 열쇠로나 열리는 그곳에는 메주가 익어가는 구들방 같은 게 하나 있을 뿐이다. 누추한 아랫목이다. 거기에서 숯불 화로에 추억 하나 구워 드시라.

2015년 12월 말에 탐진강변 못골에서

이대흠

차례

1장

2장

3장

4장

1장

•

한애의 마지막 아내였던 구름치 함무니는 하이얀 모시옷에 목소리도 낮아서 흰 메꽃 같았다. 숨 거두기 이틀 전 한애는 함무니가 갈아준 배즙을 당신이 먹지 않고 굼뱅이 눈동자 같은 눈알을 또륵또륵 굴리고 있던 내게 먹이라고 하였다. 그날 나는 처음으로 배 맛을 보았고 한애는 홍에 독 같은 가래를 뱉어 내고는 황토가 되어 갔다.

마을에서 가장 높은 곳에 있는 한애의 무덤에는 풀도 돋지 않고 바람 많은 날이면 온 산을 울리는 호통 소리 같은 게 지금도 쩌렁쩌렁하다.

-「한애의 뿌락데기」 중에서

우리 동네 입문장

바닷가 태생인 마량아짐은 입담이 좋아, 입으로 소설을 쓴다는 입문장이다. 주복양반 회갑 때 도립댁이 똥통에 빠진 얘기며, 대덕 어느 노인이 첩을 들인 이야기 같은 것은 열두 번을 더 들었어도 다시 들으면 새롭게 들리니, 말을 엮는 솜씨가 여간내기는 아닌 셈이다.

한 번은 마량아짐이 고속버스를 타고 서울에 가는데, 전날 먹었던 해삼이 탈을 일으킨 모양이었다. 마량아짐네 먼 조카가 오랜만에 마을에 오면서 사온 해삼이었는데, 물건이 그다지 싱싱하지 못했던 것이다. 그런데 마량아짐은 그런 해삼을 입에 척척 던져 넣으며,

"오죽 했으면, 해삼이겄냐고? 삼이란 것은 말이여, 오래될수록 달고, 묵을수록 영험한 기운이 드는 벱잉께. 귀한 지나 알고 목구녕 도랑 쳐서 잡솨 보드라고이잉."

하면서 먹어댔는데, 그만 고속버스에서 설사가 난 것이었다.

"에말이오. 기사 양반. 차 조깐 세와사 쓰겄오."

마량아짐의 말에 기사는 콧방귀를 뀌었다.

"고속도로에다가 어뚷게 버스를 다 세운다요?"

"사람이 끄집고 댕기는 것인디, 사람이 세우면 되제. 그것이 뭔 문제가 된다요?"

"아짐씨. 맨당 시골버스만 타 봐서 고속버스가 먼 지도 잘 몰르지라? 법으로 정해져서 세울 수가 없어라우."

하지만 속에서 달려 나오는 것들을 막을 수가 없었던 마량아짐의 한마디에 버스는 고속도로에 정지를 할 수밖에 없었다.

"암만 고속버스라고 똥구멍 막고 달릴랍디요? 벱이고 지랄이고, 내 창새기(창자)는 브레끼가 고장나 부렀응게. 나는 여그서 서야 쓰겄오!"

아무리 고속도로에서 서는 법이 없다는 고속버스지만, 마량아짐의 똥구멍을 막을 수는 없었다.

버스에서 벌어진 일화는 더 있다. 장날이면 버스가 장에 닿기도 전에 흥정이란 흥정은 다 붙여 놓고, 그날의 나물가격까지 다 정해 놓은, 나팔수 마량아짐인지라, 버스를 탔다고 하면 버스 안의 사람들을 다 쥐락펴락하고, 장터를 다니다보면, 장사꾼들의 장사까지 다 관여를 하고 다녔다. 그랬던 마량아짐이 난관에 봉착할 때가 있었다. 어느 봄날 장에 가려고 나섰는데, 느닷없이 군내버스에 외국인이 타 있었다.

드물게 보이는 외국인을 본 마량아짐이 빙긋 웃으며, 외국 남자에게 말을 걸었다.

"마이네임 이쓰 복쑨 위."

뻣뻣한 혀에 깍두기 같은 영어 발음이 얹혔다.

"복순이?"

하지만 그 외국인은 마량아짐의 말을 용케도 알아먹었다.

"예쓰."

외국남자와 말하는 마량아짐을 보며, 버스 안 사람들은 저마다 눈이 휘둥그레졌다. 자신감이 생긴 마량아짐이 웃으며 또 말을 붙였다.

"장 가?"

전라도 장흥 사람들은 '장흥'을 '자웅'이라고도 하고, 그 말을 줄여 '장'이라고도 한다.

그러자 마량아짐의 말을 알아들었는지, 그 외국인이 "예쓰."라고 대답했다. 그리고 한참 후 외국인과의 대화가 순조로웠다고 생각한 마량아짐이 한마디 더 하였다.

"와따. 사람이 벨라도 난낫하네이잉. 우리 사우 삼으면 쓰겄구마."

그러자 그 외국 남자의 입에서 난데없이 한국말이 튀어 나왔다.

"아주머니, 나, 장가 갔어요."

마량아짐의 '장흥에 가느냐?'는 뜻의 '장 가?'를, 외국인은

'장가 갔느냐?' 는 말로 들었던 것이다.

입담은 좋아도 거짓말을 할 줄 모르는 마량아짐이 남을 속였던 적이 한 번 있었다. 어느 해였던가. 마량아짐이 장에서 스무 마리 남짓이나 되는 오리를 샀는데, 마당에 놓고 키우던 오리가 어느 날 갑자기 저수지로 날아가 버렸다. 마량아짐은 오리들을 다시 집으로 데려오려고 애를 썼지만, 물에 들어간 오리들은 좀체 나오지 않았을 뿐더러, 급기야는 하늘로 날아가 버렸다. 청둥오리를 집오리인 줄 알고 속아서 산 것이었다. 다음 장이 되어 청둥오리를 판 남자에게 따졌지만, 되받은 것은, "날개 달린 짐승이 지 날개 갖고 날아간 것을 어뚷게 책임질 것이요." 하는 말뿐이었다.

마량아짐은 그 일을 가슴에 안고 있었다. 그로부터 몇 년이 지나서, 청둥오리를 팔았던 그 남자가 오골계를 취급한다는 말을 들은 마량아짐이 작전을 하나 짰다. 솜털이 채 빠지지도 않는 병아리를 몽땅 사다가, 병아리를 오골계 새끼처럼 분장시킨 것이었다. 그렇게 가짜 오골계를 장에 가지고 간 마량아짐은, 미리 세운 계획대로 청둥오리를 팔았던 그 남자와 흥정을 하였다.

"오골계가 조깐 요상하요이잉?"

청둥오리 남자가 의문을 품자, 마량아짐이 단호하게 대답을 하였다.

"이것이 영국에서만 난다는 블랙라그혼이라요. 강원도 우리

사돈이 첨으로 키운 것인디, 약발이 그라고 좋다요."

그렇게 마량아짐이 입심을 발휘하자, 구변 좋기로 소문이 났던 그 남자도 넘어가고 말았다. 그리고 한참 후, 그 오골계가 비를 한 번 맞은 후부터 보통의 닭이 되었다는 이야기는 온 장터에 화제가 되었다.

그렇게 야물던 마량아짐도 세월과의 씨름에서는 져서, 요즘은 달라졌다. "죽고 자운디, 그것도 뜻대로 안 된당께."라는 거짓말을 입에 달고 다닌다. 다시 예전처럼 씩씩한 마량아짐의 입담에 속아 넘어가고 싶은 봄날이다. 틈 내어 마량아짐이 탄 시골버스에 올라야겠다.

혼자 맬갑시 팩팩 웃음시롱

백련사에 있는 보덕행 보살은 백련사에서 쓰는 녹차를 책임지고 덖는 분이다. 어쩌다 그분과 한 자리에 앉아, 직접 만들었다는 연잎차를 마시며, 차에 얽힌 이야기를 듣게 되었다. 스님과 보살을 비롯하여 일행이 여럿이었는데, 나는 보덕행 보살의 말을 들으면서 나도 모르게 차향에 빠져들었다.

"매화차에도 취하고 연꽃차에도 취하제. 한 번은 연잎차를 마시다가 짠뜩 취항께, 해일스님한테 전화 해부렀네. 혼자 맬갑시 팩팩 웃음시롱. 전화 해갖꼬, 스님 좋오. 그랬듬마는 철룡부락 쪽으로 그새 가부렀오? 그라듬마. 철룡부락에 가면 백련 방죽이 있어."

술에 취했다는 말은 알지만 차에 취했다는 말은 생소했다. 하지만 술에 취했다는 말보다 차에 취했다는 말은 얼마나 향기로운가. 또한 꽃에 취하고 나무에 취하고 사람에 취한다면 그 사람은 얼마나 향기로울까?

"차 따는 것은 또 엄마나 존지 아요? 하루 종일 차를 따면은 딴 생각이 안 나부러. 한번은 발 한나가 돌 속에 들어가서 훼 삐뚤어져도 냅 둬불고 차를 따는디, 발이 어디 있는지도 몰랐제. 물큰하니 단내가 훅 하고 나면 코가 벌름벌름 해지고, 응달도 양달도 아닌디, 꾀꼬리까장 울어불면, 오매! 물은 졸졸 흘르제, 꾀꼬리는 울제."

그때 보살의 표정은 달덩이처럼 밝아졌다.

"근디 꾀꼬리 새끼가 어뚷게 운지 아요?"

"……"

"그것도 모르고 시 쓰요? 호르르 호르르릉 해. 구슬을 궁굴린 것 같제. 아침에 인난 소리 틀리고, 낮에 우는소리 틀리고, 잠 자자고 부르는 소리가 있어. 에미가 호르르릉 울면, 새끼가 호르르르 하제. 새끼 소리는 봄내 안 나다가 그 소리가 나. 그라면 꾀꼬리가 새끼 깐 지 알어. 노란히 따라다녀. 알 품을 때게는 에미도 안 울어."

차 따는 것이 얼마나 재미가 졌으면 발 하나가 돌 사이에 끼워져 있는 것도 모르고 차 따는 일을 했을까? 어쩌면 보살은 차를 따는 동안에 어떤 경지에 이르러 있었음에 틀림없다. 꾀꼬리가 어떻게 우는 지도 모르고 시를 쓰냐는 꾸지람을 듣고 나는 부끄러웠다. 나도 시골 태생이었던지라 꾀꼬리 소리를 들으면, 그 소리를 듣고 '아! 꾀꼬리가 우는구나.' 하고 구분할 수는 있었지만, 정작 그 소리를 말로 표현하려 하자 입이 다물어졌던 것이다.

이야기가 끝날 무렵에 나는 그녀에게, "연잎차를 어떻게 만들어요?"하고 물었다.

"그냥 핸비짝에다가 땡게 놔불제."

그녀의 대답은 의외로 간단했다.

나는 그 시절에 추억이 배불렀다

아주 오래된 것도 아닌데, 지금은 사라진 풍경 중의 하나가 어릴 적 살았던 옛집이다. 남도가 되었건 서울이 되었건 부잣집이나 양반집은 그나마 보수나 복원이 되어 유지되고 있는 형편이지만, 일반인들이 살았던 민가는 거의 볼 수가 없게 되었다. 마을 어느 곳을 둘러보아도 옛 모습을 간직한 집은 없다. 그나마 오래되었다는 집도 슬레이트나 함석지붕을 얹은 1970년대 개량된 집이다.

이제는 추억 속에서나 볼 수 있는 옛집으로 떠나 본다.

집으로 들어가는 골목은 좁았다. 손수레('냐까'라고 불렀다)가 다닐 수 없을 만큼 좁은 길옆으로 깨골창(개울)이 흐르는 골목길이 집으로 가는 길이었다. 밤에 모시레라도 가려면 석유등을 빌려와 다녔는데, 얼마나 헛딛을 때가 많았던가. 석유가 아까워 특별히 어두운 곳이 아니라면 불을 끄고 다녔기에 더욱 그랬을 것이다.

밤이 되면, 유일하게 빛나던 것이 달과 별뿐이었던 옛 마을. 초가지붕 위에 박이 빛나고, 더운 여름날이면, 마당 평상에 앉아 풋호박에 띤죽(수제비)이나 푸때죽(풀때죽)을 쑤어 먹고, 모깃불에 눈이 매워 눈물을 흘리면서도 여름밤은 어머니가 들려주시는 옛이야기에 새벽이 올 때까지 밤을 샐 때도 있었다. 그럴 때면 하늘에선 쏴락쏴락 별빛이 쏟아져 내렸다.

돌다리를 건너서야 들어갈 수 있었던 추억의 집. 마당은 깊어서 아이들이 공놀이를 할 때면 우리 집을 찾았다. 마당과 논사밭(남새밭) 사이에는 젊은 살구나무 한 그루가 있었고, 집을 둘러싸고 10종이 넘는 감나무 고목이 있었다. 아랫집과의 사이에 있는 담 안쪽으로 맨 처음 보이는 감나무가 갱감, 그 옆엔 올배감과 봉옥시가 있었고, 봉옥시 나무 옆에는 접시감나무가 껑충한 키를 자랑하였다. 뒤안(뒤란)에는 오래된 대삻(대숲)이 있고, 대삻에는 꼬치감, 찰감, 장두감나무가 있었다. 그 감나무들 사이에 몇 그루의 봉옥시와 단감과 장두감나무가 있었는데, 그것들은 젊은 나무들이었다. 그리고 대삻이 끝나는 곳에 있었던 먹감나무 한 그루. 그 먹감나무 주변은 정글에서의 모험을 꿈꾸며 나만의 집을 지었던 비밀의 장소였다.

감나무 말고도 기억나는 나무 몇 그루가 있다. 봄이면 잎을 따서 찹쌀풀을 먹여 부각을 만들어 먹었던 가죽나무, 대나무 사이에 있어서 유독 키가 컸던 동백나무, 지금도 남아 있는 소태나무, 껍질이 맨지롱 했던 때죽나무, 손톱 끝으로 밑둥치를 문지르면 깔깔깔 잎과 꽃이 자지러졌던 간지막나무(배롱나무), 여름이면 꽃의 전각을 짓곤 했던 수국. 그런 나무들은 내 추억의 집을 이루는 대들보였다.

돌다리를 건너 새립에 들어서면, 마당이 펼쳐져 있었고, 거기에서 석 자쯤 높은 곳에 토방이, 토방보다 또 석 자쯤 높은 곳에 물레가 있었다. 집안에서 가장 반짝거리는 것은 토방 위에 놓인 섬돌과 물레에 놓인 다듬잇돌이었다. 하도 문질러서 흰빛이 돌던 섬돌 위에 신을 벗어 놓는 게 미안했다. 새립 쪽에서 집을 바라보면, 왼쪽에는 나무문을 한 정개가 있었고, 정개 옆에는 안방, 안방 옆에는 말레(대청마루), 말레 옆에는 작은방(건넛방), 작은방 옆에는 갓방이 붙어 있었다. 갓방 뒤엔 쇠죽을 쑤곤 했던 작은 정개와 소마구(외양간)가 있었고, 갓방엔 때 묻은 손톱 끝 같은 쪽마루가 붙어 있었다.

물레 중심엔 집의 중심이기도 한 기둥이 있었는데, 그 기둥의 용도는 다양했다. 다른 집보다 유독 높았던 물레였기에 사람들은 그 기둥을 잡고 물레를 오르내렸고, 손님으로 와서 봉창문이 열릴 때까지 기다릴 때도 사람들은 그 기둥을 붙들고 있었다. 나는 그 기둥을 특별한 용도로 사용하곤 하였는데, 두 살 터울의 동생을 돌보기 싫은 날이면, 그 기둥에 동생을 칭칭 묶어놓고 놀러가곤 하였다.

그러던 어느 날, 꽁꽁 묶어 놓은 동생이 사라진 일이 생겼다. 나는 울면서 온 동네를 싸돌아 다녔지만, 사라진 동생을 찾지 못했다. 그래서 어린 동생을 소리개(솔개)가 낚아채 간 것이라 여기고 펑펑 울었다. 소리개의 날카로운 발톱에 채인 동생이 큰 소리로 울었을 터이지만, 그 소리는 허공중에 흩어졌을 것이다. 동생은 높은 바위 위에 있다는 소리개의 집에 끌려갔을 것이고, 소리개는 동생을 높은 곳에서 바위 위로 떨어뜨렸을 것이다. 나는 도깨비가 타고 다닌다는 낡은 빗자루를 찾았다. 혹시 내가 모르는 마술의 힘이 발휘될지도 모른다는 생각에 짜리몽땅한 정개빗자루를 가랑이 사이에 끼고 마당을 빙빙 돌았지만, 빗자루는 나를 공중으로 띄우지 못했다. 다행히 동생을 데려간 것은 소리개가 아니라, 아랫집 할머니였다.

정개(부엌)에는 아궁이가 있었고, 아궁이 위 부뚜막에 막걸리 촛병이 솔잎 뚜껑을 단 채 그을러 있었다. 그릇이 담긴 살강은 대나무를 엮어 만든 것이었는데, 수저와 젓가락은 물론이고, 삶은 보리를 담은 대바구니를 놓는 곳도 살강이었다. 정개와 안방 사이엔, 통판자로 만든 아주 작은 문이 있었다. 음식 그릇이 그 문으로 드나들었지만, 상이 오갈 너비는 아니었다.

상을 차릴 때면 할아버지와 아버지가 겸상해서 앉았고, 정개에서 가까운 쪽에 우리 형제들의 두레밥상이 차려졌다. 그리고 어머니와 누나는 정개문 가까이 방바닥에 김치 한 개를 놓고 먹거나, 정개 바닥에서 묵은지를 찢어가며 끼니를 때웠다.

그때는 온 들과 산이 밥상이었다. 이른 봄엔 동백꽃을 주워서 꽃의 꽁무니에서 꿀을 빨아먹고, 봄이 오면 쑥을 캐어 쑥버무리를 해먹거나, 꽃지짐을 해먹었다. 감꽃이 질 무렵에는 감꽃을 주워 먹고, 찔구(찔레)순이 나오면 찔구를 꺾어 먹고, 삐비가 나오면 삐비를 뽑아 먹고, 고상 나오는 철이면 고상을 꺾어 먹었다.

마당은 놀이터였으며, 온갖 장난감을 만드는 공장이었다. 빠뿌쟁이(질경이) 잎을 끊어 제기를 만들어 제기차기를 하며 놀았고, 육철낫(조선낫)으로 뺑이(팽이)를 깎고, 뽕나무 뿌리껍질로 뺑이채를 만들었다. 묵은 대나무를 쪼개고 불로 구워 스키 모양으로 만들어서 얼음 위에서 미끄럼을 타기도 하였다. 당연히 빼무락질(낫이나 칼을 이용해 장난감 등을 만드는 행위)을 잘 하는 아이는 인기가 좋았고, 이따금은 뺑이를 깎다가 손가락 살이 잘리기도 하였다.

갈라진 나무를 잘라다 새총을 만들고, 특별할 만큼 손재주가 좋은 아이는 우산대를 총신으로 한 수제 총을 만들기도 하였다. 대나무를 쪼개어 방패연이나 간재미연(가오리연)을 만들어 놀기도 하였고, '나이먹기' 나 '빠이치기' 도 빼놓을 수 없는 놀이였다.

서리도 빼놓을 수 없는 연례행사였다. 앵두서리, 살구서리, 자두서리는 물론이고, 주인이 버젓이 지키고 있는 수박밭으로 서리를 가기도 하였다. 콩서리와 밀서리, 옥수수서리는 흔한 일이었고, 겨울이면 닭서리도 심심치 않게 하였는데, 서리해온 닭을 짚뭇에 집어넣고, 한 뭇 짚이 다 타고, 불기가 이울도록 기다리면, 털이 쏙 빠지고 속에까지 뜨겁게 익었다. 하지만 서리를 할 때는 대부분 아는 집 것을 하였다. 닭서리도 대부분 어울려 노는 동무네 중 한 곳으로 갔다. 하지만 밀서리로 시작한 놀이가 개서리를 할 정도가 되면, 도둑질로 보았다.

다양한 방식의 음식나누기도 있었다. 이바지라고 해서 멀리 다녀올 때나, 먼 데서 손님이 올 때는 일가친척은 물론이요, 이웃간에도 음식을 나누어 먹었다. '단자' 풍습도 있었다. 제사 든 집에 빈 그릇을 던져두고 "단자요!"하고 소리치면, 제사를 지낸 집에서 갖가지 음식을 담아 새립에 내어 놓았다. 마을에는 제사를 지내는 집이 거의 매일 있었기에, 단자 음식은 청년들이나 한참 클 나이의 청소년들에게는 최고의 야식이었다.

살림이 넉넉한 집에서는 여름이면 민죽(수제비)을 해먹었고, 쉬는 것을 방지하기 위해 장꼬방(장독대) 독아지(항아리) 위에 올려놓곤 하였다. 그럴 때면 그 음식은 마을 청년들의 차지가 되었는데, 주인이 음식 가져간 사람을 짐작하더라도 캐묻는 법이 없었다.

겨울이면 두대통에 든 감자(고구마의 방언)를 깎아 먹고, 찐감자(찐고구마)는 얼음이 동동 뜬 싱건지(동치미) 국물과 함께 먹었다. 실강(대나무로 엮어 만든 시렁) 석짝에 넣어둔 홍시를 꺼내먹는 맛은 흔한 일이 아니었지만, 다른 맛과는 비교할 수 없을 만큼 특별한 것이었다. 대부분 홍시는 집안의 가장 나이 든 어른이 관리를 하였고, 그것을 넘보는 것은 크나큰 잘못으로 여겨졌다. 하지만 어느 집이고 집안의 어른은 그 집안의 가장 어린 아이와 동격이었다. 아무리 엄한 한애(할아버지)라고 하여도 어린 손주의 반말과 재롱에는 벗을 하고 지냈다.

겨울이면 구걸하러 다니는 사람들도 많았다. 중도 많았고, 동냥치도 많았고, 상이군인도 많았다. 그중 아이들이 가장 무서워한 사람은 상이군인이었고, 그중 최고로 두려움에 떨게 한 이들은 망태 할아버지나 한센병으로 얼굴이 일그러져 있는 이들이었다. 그들이 나타날 때면 아이들은 숨기에 바빴다. 보리밭에 데리고 가서 간을 빼어 먹는다는 말이 돌았고, 그 말을 아이들은 믿었다. 만만한 것은 스님들이었다. 아이들은 반짝거리는 스님의 머리를 돌로 맞추기도 하였고, "중중 때까중 펄떡 까진 때까중"하는 노래를 부르며, 짓궂게 따라다니기도 하였다.

구걸하는 이가 마을에 나타나면, 마을 여자들은 다른 집에서 어떻게 하는지를 눈여겨보았다. 그래서 이전 집에서 먹을 것이나 쌀을 많이 주었다 싶으면, 다른 집에서는 주지 않았고, 다른 집에서 인색하게 쫓겨난 사람이 오면, 얼마 없는 보리쌀이라도 나누어서 주곤 하였다. 또 아무리 구걸하는 사람이래도 끼니때에 찾아오면, 손님 대접을 제대로 해서 보냈다. 따라서 점잖은 사람은 남의 집에 갈 때면 끼니때를 피해서 갔다.

원시시대 때부터 내려온 수렵, 어로, 채취를 통해 먹이를 구하는 방식은 여전히 유효했다. 겨울이면 토끼몰이와 꿩사냥을 하였고, 냇가에 나가 천렵을 했다. 커다란 쇠망치로 돌을 두드리면 놀란 물고기들이 배를 뒤집은 채 둥둥 뜨는데 그것을 잡기도 하였고, 봇둑에 서서 뛰어오르는 물고기를 톱등으로 쳐서 잡기도 하였다. 반찬거리로 고동(다슬기)이나 가재, 징개미를 잡아서 반찬거리로 쓰는 일은 아이들이나 여자들 몫이었고, 소쿠리를 엎어서 새를 잡거나 산짐승을 잡는 것은 남자들 몫이었다. 봄이면 딱주와 더덕을 캐먹었고, 산뙤알(딸기), 보리뙤알을 따먹었지만 비암뙤알은 따먹지 않았다. 여름이 가까워지면 꽐(꽈리)도 따먹고, 한여름이면 수숫대를 꺾어서 씹어 먹었다. 겨울이면 주로 칡을 캐먹었다. 솔칡과 물칡과 밥칡 중에서 어린 우리가 가장 좋아한 칡은 밥칡이었다.

여름엔 주로 냇갈(냇가)에서 고기와 고동을 잡았고, 겨울이면 물을 뺀 저수지에서 붕어와 미꾸라지를 잡았다. 그렇게 저수지에서 물을 빼는 날이면 물고기를 한 집에 한 말 정도씩 가져갈 수 있었다. 아이들은 물에서 놀기를 좋아하였지만, 이가 빠졌을 때는 물가에 가는 것을 꺼려했다. 이가 빠졌다는 이유로 다른 아이들의 놀림감이 되었기 때문이다.

이빨 빠진 개우랭이

냇가에 가지 마라

메기한테 침 맞을라
빠가한테 빰 맞을라

지역마다 약간의 차이도 있지만, 위와 같은 노래로 이 빠진 아이를 놀렸다. 그때는 놀리는 방식도 노래를 통해서 하는 경우가 많았고, 그런 노래는 하루에도 몇 번씩 불리곤 하였다. 교과서에서 배우지 않는 생활 속 노래가 있었던 셈이다.

그때는 장난감도 살아 있는 것이었다. 방아깨비 뒷다리를 잡아서 방아를 찧고, 찝게벌레(사슴벌레)를 잡아 서로 싸움을 붙이고, 여름밤 풍뎅이 목을 비틀어 바닥에 놓으면, 목이 비틀린 쪽으로 풍뎅이가 빙빙 도는 게 여간 신기한 일이 아니었다. 참새 굴에 손을 넣어 참새를 잡다가 뱀에게 물린 아이도 있었고, 바위틈에 들어간 장어를 잡으려다 물리고, 자라 잡으려다가 깊은 쏘에 빠지기도 하였고, 빠가사리를 잡으려다가 빠가사리에게 쏘인 경험은 그때를 살았던 대부분의 아이들이 겪었을 일이었다.

그때는 자연 속에 악기도 많았다. 동백나무나 사철나무의 연한 잎을 청으로 삼아 입피리를 불었고, 보리가 통통해지는 4월이면 보리피리를 불었다. 하지만 보리피리를 만들 때에도 '깜부기'가 들어 못 쓰게 된 보리이삭을 골라 뽑았다. 보리피리 만드는 방법도 갖가지여서 보리이삭 하나를 뽑으면 몇 종류의 보리초리(보리촐래, 보리피리)를 만들 수 있었다. 옥수수 잎으로 하모니카 소리를 흉내 내고, 제각각 아카시아 잎을 물고 어린음악대가 되어

기나긴 하굣길을 붕붕거리는 추억거리로 만들기도 하였다. 손으로 만든 악기 중 으뜸은 버들가지로 만든 촐래였는데, 물에 담가 줄기를 빼어내는 기술도 기술이었지만, 거기에 억새잎을 칼로 오려 만든 '청' 을 키워 넣으면 어떤 악기보다도 고급스러운 관악기가 되었다.

그렇게 봄부터 가을, 겨울까지 아이들은 쉴 새 없이 뛰어다니며, 놀았고, 또한 농번기철이면 어김없이 농사일을 거들어야 했다. 그러면서도 먹을 것은 넉넉하지 못해서 항상 배고팠던 기억이 난다. 하지만 아무리 배가 고팠어도 추억은 배고프지 않았으며, 돈을 주고 장난감을 사지는 못했어도, 고무신 한 켤레만으로도 택시부터 덤프트럭과 배는 물론이고, 기차까지 만들어 노는 창의력은 살아 있었다.

다시 돌다리를 건너 현실로 되돌아오면, 그때에 비해 집이 넓어졌지만, 가족 수는 줄어들었고, 먹을 것이 넉넉해졌지만, 마음은 가난해졌다. 장난감은 많아졌어도 더 심심해졌고, 문명은 발달했지만, 손은 퇴화 되었다. 교통은 편해졌지만 세계는 좁아졌고, 배부르게 먹을 수 있으나 병은 많아졌다. 국가는 부자가 되었지만, 국민은 빈곤해졌고, 생산량은 늘었어도 자급률은 떨어졌다. 관계는 다양해졌지만, 외로워졌고, 돈은 많아졌지만, 값진 것은 사라졌다.

구들방 같은 여자와

구들방에 불을 때면서 생각에 잠긴다. 어린 시절 나는 구들방에서 자랐고, 보일러방 생활을 하다가 다시 구들방으로 돌아왔다.

은행잎이 지고, 감잎이 하나둘 떨어져 내리면, 땅에 서릿발이 돋고 며칠 간격으로 서리가 내린다. 농촌에선 첫 서리 내린 후에 바로 해야 하는 일이 있다. 빨갛게 익은 감을 따는 것과 고구마를 캐는 일이 그것이다. 막 캐낸 고구마는 방에서 물기를 말린 후 왕겨에 섞어 윗목 두대통에 넣고, 감은 석짝에 담아 대나무 실강(시렁)에 얹어 둔다. 김장을 하고 메주를 쑤고, 묵혀서 먹을 김치는 땅에 묻고, 그 옆에는 무와 밤도 묻는다. 그렇게 해야 콩타작을 하고, 깨를 털고, 나락을 거두기에 바빴던 가을걷이가 끝나고 겨울을 맞는다.

먹을 것 저장하는 일을 끝냈으면 서둘러 잠자리를 걱정해야 한다. 가래나무(솔가리)를 하고 장작을 마련한다. 검불은 나무라고 할 것이 없고, 불땀 좋은 땔감이 제격이지만, 가난한 집에서는 억새나 싸리나무도 귀하기만 하다.

구들에 불은 때는 것은 겨우살이의 즐거움이다. 아침저녁으로는 밥과 국을 하고, 저녁에는 군불을 조금 더 땐다. 겨우내 이불을 깔아두는 아랫목엔 복개 덮어 놓은 밥그릇이 있다. 늦게 들어오는 식구를 위한 어머니의 마음이다.

햇김이 나오면 아궁이 숯불에 김을 구워 먹는다. 석화(굴)를 넣어 끓이는 매생이탕은 별미다. 술 취한 아버지가 전어라도 몇 마리 사오거나 돼지고기 두어 근 끊어오는 날이면 잔칫날이 따로 없다. 그런 날엔 특별히 아궁이에 장작을 넣고, 밥을 하고, 아궁이에서 살짝 익힌 고기를 화로에서 굽는다. 화로에서 익어가는 고기를 바라보면 눈동자가 먼저 지글거린다. 시들어가는 화롯불에 김도 한두 장 더 굽는다. 성찬이 아닐 수 없다.

유독 추운 날에는 구들방의 은혜를 종일 받는다. 목화 솜이불을 깔아둔 아랫목에 이웃 사람들이 하나둘 모여든다. 저마다의 찬 발을 이불 속에 넣고 앉으면, 얼굴들이 둥그런 두레밥상 같다. 모여든 사람들이 하나씩 이야기를 꺼내면, 마을 소식은 물론이고, 인근 십 리간의 소식이 한 자리에 오른다. 더러는 새끼를 꼬거나 가마니를 짜기도 하지만, 겨울 구들방은 정담의 장소로써 더 큰 의미가 있다.

마을의 대소사가 그곳에서 결정이 되고, 대부분의 혼사도 그곳에서 불이 당겨진다. 더군다나 남녀의 정분을 나눌 만한 장소로도 구들방만 한 것이 없다. 그런 의미에서 구들방은 사랑의 은유로써 제격이다.

구들방에 불을 땔 때처럼 사랑도 서서히 불이 일어야 한다. 서둘러 센 불을 기대했다가는 꺼져버리기 일쑤다. 마른 종이나 가래나무(솔가리)로 밑불을 만들고, 거기에 자장개비(삭정이)를 얹어 불을 돋운다. 그렇게 불이 일기 시작하면 마른 장작을 넣는다. 그렇게 불이 잘 붙어 알불이 이글거리는 장작불은 쉽게 꺼지지 않는다.

불을 야무지게 땐 구들방은 밤이 새도록 절절 끓었다. 어설픈 검불은 연기 냄새만 날 뿐 온기를 얻기에는 어려웠다. 사랑도 그렇지 아니한가. 센 불로 달구어야 할 때는 있는 장작을 아끼지 말아야 한다. 그렇게 구들장 후끈거리게 사랑을 지펴야 마음까지 녹진하게 녹지 않겠는가.

구들방을 데우는 일은 사랑을 지피는 것과 같다. 아궁이에 나무를 넣는 순간, 나무와 돌의 만남이 시작된다. 지기와 천기가 뭉친 나무는 불을 만나 타오르고, 그 나무의 불이 돌을 달군다. 이내 나무는 사그라지고 돌의 온기만 남는다.

땔감을 마련하는 것은 거의 남자의 몫이고, 불을 지피는 것은 여자의 일이다. 남자는 나무를 잘라와 마당에서 도끼로 장작을 쪼갠다. 정통으로 내리친 도끼라야 단번에 나무를 쪼개고, 그렇게 팬 장작이라야 부스러기가 없다. 남자는 장작을 패면서 쾌감을 느낀다. 쩍쩍 벌어지는 나무는 남자의 욕망을 부채질한다.

여자는 장작으로 아궁이에 불을 땐다. 마른 장작을 때기도 하고, 어떨 때는 생장작을 때기도 한다. 마른 장작이 잘 타지만, 생장작이 불땀은 더 낫다. 불이 한창일 때 얹어놓은 생장작은 아궁이 깊은 곳까지 달군다. 그렇게 생장작까지 태운 구들방은 한 며칠 불 때지 않아도 미지근하다.

아궁이에 불 때는 행위가 여자의 몸에 좋다는 것은 널리 알려진 일이다. 아궁이에서 흘러나오는 열기가 자궁암을 예방하고, 냉을 없애는 역할을 한다고도 한다. 쪼그려 앉아 아궁이에 불 때는 것도 건강에 도움이 되니, 아궁이와 여자의 몸을 비유하는 말들이 허투루 보이지 않는다.

처음 구들을 놓고 불을 땔 때는 센 불을 넣지 않는다. 연기만 들어가게 한다. 그렇게 해야 새 구들에 상처가 나지 않는다. 그렇게 천천히 말려가며 서서히 불을 땐다. 약한 불로 오래도록 땐 다음에 구들이 온전히 굳은 후에야 센 불을 땐다. 그때부터가 비로소 온전한 구들이다.

온전한 구들은 센 불도 문제없이 받아들이고, 약한 불은 약한

만큼의 온기를 받는다. 어쩌다 연기가 새기도 하지만 약간의 손질을 하면, 완벽에 가깝다.

그런 구들을 태어날 때부터 지고 태어나고, 죽을 때도 그 구들을 지고 가는 게 한국인이다. 구들지고 와서 구들지고 가는 셈이다. 그러한 구들은 우리 민족 고유의 난방 방식이다. 서양이나 중국에서는 벽난로나 스팀을 사용하였던 반면 우리 문화의 원형이랄 수 있는 홍산문화권과 고구려에서는 구들을 썼다. 그러므로 구들은 우리 민족 고유 문명의 표징인 셈이다.

하지만 그 구들이 한때는 천시를 받았다. 장작에 비해 오래 땔 수 있는 연탄이 대중화되고 부터이다. 오래도록 장작을 땠던 아궁이 대신 연탄아궁이가 놓이고, 많은 사람들은 연탄아궁이에 익숙해졌다. 처음에는 장작을 구하기 힘든 도시에서 먼저 시작된 연탄 문화는 이내 시골까지도 퍼졌고, 연탄아궁이는 진화하여 가스 중독 염려가 없는 연탄보일러가 나왔고, 뒤이어 기름보일러가 일반화 되었다. 그러는 사이 나무를 직접 때는 구들은 온데간데 없어지고, 집집마다 기름보일러가 남게 되었다.

그러다가 기름값이 천정부지로 오르기 시작하면서 다시 주목하게 된 것이 나무 연료이다. 사서 써도 기름값에 비해 나무 값이 훨씬 저렴하게 된 것이다. 그러다 보니 자연스럽게 화목보일러라는 개량종 보일러가 나왔고, 덩달아 구들방을 다시 주목하기에 이르렀다. 방이 골고루 따뜻한 보일러에만 주목을 하였지, 온몸을 녹이는 구들방 문화를 잊고 있었는데, 다시 눈에 들어온 것이다. 그 무엇보다도 화목보일러에 비해 장작 소모가 훨씬 덜하다는 점도 주목할 만한 점이었다.

최근에 새로 집을 지을 때는 방 하나쯤은 구들방으로 만드는 게 유행이 되다시피 하였다. 실제로 구들방은 연료소모가 그리 심하지 않다. 방 하나 뜨끈하게 할 정도를 때어도 나무토막 두어 개면 충분하다. 거기다가 뼈가 녹을 것 같은 그 후끈거림을 어디 비할 데도 없다.

다만 나무를 자르고 쪼개는 일에는 일정한 노동이 필요하다. 그러나 그것도 문제될 것이 없다. 기계가 발달하여 도끼질을 하지 않아도 장작을 만들 수 있다. 산에 가 직접 나무를 하지 않아도 일정 비용을 지불하면 집에까지 나무를 가져다주는 것은 물론이다. 겨울 한 철 나기 위해 몇 십만 원에서 백만 원이 넘는 비용을 지출해야 하는 기름보일러나 가스보일러에 비하면 절반에도 못 미치는 비용이면 한 겨울을 날 수 있다.

구들은 한 번 야무지게 불을 때면 그 온기가 오래가고, 뼛속까지 후끈하다. 그렇다고 한 번 불을 잘 땠다고 그냥 두어 버리면, 습기가 차고, 쥐나 뱀이 슬기에 알맞다. 아궁이의 불은 꾸준히 때줘야 하고, 아랫목이 뜨거울 만큼은 때야 한다. 이따금은 생장작을 더해 뼈가 녹도록 때주어야 제대로 구들방이 산다.

구들방 있는 집에 가면 장작더미에 눈이 간다. 겨울 땔감이 실하게 갖춰진 집은 대개 남자가 제대로 구실을 하고 있는 집이다.

반면 땔감이 부실한 집은 남자가 게으르거나 자기 역할을 못하고 있는 것이다. 그런 집 구들방은 냉기가 많을 것이며, 살림 또한 부실할 것이다.

성냥이 귀했던 어린 시절에는 불을 얻으러 다니는 일이 있었다. 불을 꺼먹는 것은 집안 여자의 흉이 되었기에 여자들은, '씨불'이라 불렀던, 그 불씨를 간수하기 위해 애썼다. 하지만 어느 집에서건, 씨간장 내어주는 것과 씨불 내어주는 것은 함부로 하지 않았다. 씨간장은 날을 따로 잡아서 집안사람들에게만 나눠주었고, 씨불도 친척이 아닌 사람에게는 주지 않았다.

자기 불씨를 남에게 주는 것이 자기 남자를 빌려주는 것과 같다는 생각을 하였는지는 몰라도, 불씨 빌려주는 것은 금기 중 하나였다. 그래서 불씨를 빌려줄 때는 집안 남자가 모르게 하였으며, 불씨를 얻으러 다니는 여자는 칠칠맞다는 핀잔을 들어야 했다.

아침 일찍 아궁이에 불이 당기고 나서, 가마솥엔 밥을 안치고, 옆에 붙은 양은솥엔 물을 끓였다. 물이 끓으면 집안사람들은 아버지부터 차례로 나와 세수를 하고, 저마다의 갈 곳으로 흩어졌다가, 저물녘이면 다시 돌아와 구들을 데웠다.

안방 부엌에서는 밥을 하고, 국을 끓이고, 건넛방 아궁이불로는 쇠죽을 쑤었다. 쇠죽솥 아궁이는 모험과 환상의 세계로 가는 통로였다. 거기서는 고구마를 구워 먹거나 서리 해온 닭 같은 것을 먹는 것도 심심치 않게 볼 수 있었다. 톡톡 튀는 은행알이 노랗게 익어갈 때, 입술이 검어지는 줄도 모르고 서로를 바라보며

깔깔거렸고, 어쩌다 밤을 굽는 날이면 누군가의 눈두덩이 밤 껍질에 맞아 부어올랐다.

겨울이면 구들방에 불을 때고, 구들에서 나온 숯불을 화로에 담는다. 구운 돌은 등을 따뜻하게 하고, 화롯불은 언 손을 녹이는 데 제격이었다. 구들이 뜨끈한 아랫목에 둘러앉아 화롯불을 사이에 두고 나누어 먹었던 고구마와 싱건지의 맛을 무엇에 비할 수 있을까.

구들방에 불을 때며 사랑을 생각한다. 아니, 구들방 같은 여자를 생각한다. 구들방처럼 서서히 뜨거워지고, 아주 천천히 식어가는 여자와 사랑할 날을 꿈꾼다. 나는 장작을 패고, 아궁이에 불을 넣어 아랫목을 뜨끈하게 데워야겠지. 여자는 구들처럼 뜨거운 몸으로 나를 안을 것이고, 나는 겨울날 아궁이에 장작 몇 개비 더 넣어 불을 돋우듯, 사랑을 태울 것이다.

그러다 여자와 나는 이불을 덮고 앉아 발가락을 꼼지락거리며 찐 고구마를 먹겠지. 한겨울 장독대에서 얼음 송송 뜬 싱건지를 떠다가 먹는 고구마 맛만큼 개미 있는 음식이 어디 있을까. 여자는 무쪽을 아삭 베어 반쪽을 내 입에 넘기고, 우리는 번갈아 싱건지 국물을 마시게 되겠지. 그러는 동안 우리 몸과 같이 메주가 뜰 것이고, 술이 익을 것이다. 아궁이에 날마다 불을 때고 싱건지를 축내다보면, 어느새 겨울은 훌쩍 지나가고, 우리의 봄은 또륵또륵 눈 뜨며 싹을 틔우겠지.

다시 아궁이에 장작 하나를 더 넣는다.

한애의 뿌락데기

한애의 소마구엔 뿌락데기 소
띧끼기도 에로운 뿌락데기 소
콧김 씽씽 사나워도 일 잘하는 소

호랭이 눈썹 한애는 뿌라쉬 같았다 황소 끌어 쟁기질 하고 쉴 참도 없이 논둑 붙이고 코흘리개 동생들 넷 데리고 구루마 끌고 막걸리 대접으로 걸치며 장에 다녔다 소 흥정 물꼬 쌈에 깡다구 좋아 짜리몽땅한 키에도 쌈꾼이었다 쇠전머리 지전거리 주막거리 진골목 온뚝길 뒹겟똥을 쓸고 다니며 장꾼들 다 태우고 새내끼로 묶은 짐 우게 이따금은 눈 맞은 과수댁을 실어 오기도 하였다.

구루마 뒤에는 칡넝쿨이나 밧줄에 묶여 질질 끌려오는 디아지나 홍에가 있기도 했는데
디아지 눈동자는 까맣고 뛰룩뛰룩하고 홍에는 허옇게 독을 품

어 껍질이 핀엿처럼 끈끈했다

썩레질 하다가 풀 뜯을 욕심에 논둑 너머 비까래로 달아났던 뿌라쉬는
한애의 방맹이질에 뿔이 빠지고 뿔 빠진 데에는
손이 쑥 들어갈 만큼 고름 수렁이 생겼다

심 파인 뿌락데기를
다른 소장시에게 넘겨 버리고 갑자기 앓은 한애는
밥도 국도 못 먹고 숟가락으로 배즙이나 떠 먹여 줘야 할 만큼 늙어버렸다

적벽돌처럼 단단했던 한애가
흙알갱이처럼 천천히 부수어져 내리는 것은
항아리에 실금 뿌리 뻗어가는 것처럼 천천히 벌어진 일이었으나
멈출 수 없는 것이었다

한애의 마지막 아내였던 구름치 함무니는 하이얀 모시옷에 목소리도 낮아서 흰 메꽃 같았다
숨 거두기 이틀 전 한애는
함무니가 갈아준 배즙을 당신이 먹지 않고
굼뱅이 눈동자 같은 눈알을 또륵또륵 굴리고 있던 내게 먹이라고 하였다

그날 나는 처음으로 배 맛을 보았고
한애는 홍에 독 같은 가래를 뱉어 내고는 황토가 되어 갔다

마을에서 가장 높은 곳에 있는 한애의 무덤에는 풀도 돋지 않고
바람 많은 날이면 온 산을 울리는 호통 소리 같은 게 지금도 쩌렁쩌렁하다

시작 메모 : 짜리몽땅한 한애

아내가 나를 놀릴 때 하는 말이 "짜리몽땅하다."는 말이다. 그러면 나는 몽당연필을 떠올리고, 예순아홉에 세상을 뜬 할아버지 생각을 한다. 작고 다부졌던 사내, 세속의 이름으로는 '장' 자 '호' 자를 썼고, 저승으로 간 후로 '학생부군'이 된 농투산이.

할머니를 일찍 여읜 할아버지는 젊은 시절 황소 구루마를 끌고 장터를 누볐다고 한다. 자동차가 없었던 시절인지라, 장에까지 짐을 실어다 주며 삯을 받았던 것이다. 읍내까지 장작을 실어다가 팔기도 하였고, 인근 마을 사람들의 장짐을 배달해 주는 일을 했다. 이른바 운수업을 한 셈인데, 할아버지의 구루마에는 할아버지의 네 동생이 따라다녔고, 이따금은 젊은 과수댁이 실려 오기도 하였다. 할아버지의 구루마는 논 한 마지기 제대로 없었던 집안을 일으켜 세웠는데, 네 동생을 저금(제금)낼 때, 각자의

뭤으로 집 한 채씩을 지어주고, 거기다가 두 마지기씩의 논까지 떼어 주었다.

그런 할아버지가 부자가 될 뻔한 사건이 있었다. 해방직후, 읍내에서 술도가를 하였던 일본인이 평소 알고 지냈던 할아버지에게 몸을 숨겨 달라고 부탁을 한 것이었다. 상당한 자산을 주겠노라 한 것은 물론이었다. 하지만 할아버지는 그것을 거부하였고, 구루마 일만 계속하였다.

깡이 좋고 완력이 셌던 할아버지는 무서울 것이 없는 사내였다. 아무리 덩치가 큰 사람도 할아버지의 무릎치기 한 방이면 나가 떨어졌고, 호랑이 눈썹에 눈망울이 부리부리하여, 어지간한 사람은 대들 생각조차 하지 못했다. 쟁기질 써레질 잘 하고, 논두렁에 선 채로 막걸리 몇 사발을 거침없이 들이켰던 할아버지, 머리가 넓적한 넷째 형이 자신을 닮았다며, '우리 넙죽이, 우리 넙죽이' 하고 부르면서, 머리를 깎을 때도 넷째 형에게만 맡겼던 할아버지. 그런 할아버지를 우리는 '하네(한애)' 라고 불렀다.

한애를 떠올리며, 한애가 키웠던 뿌라쉬를 생각해 낸 것은 최근이었고, '한애' 라는 말의 어원이 '큰 아이' 를 뜻하는 '한 애' 일지도 모른다는 생각을 한 것도 이즈음의 일이다. 또한 과문한 내 눈에는 할아버지의 전라도식 호칭인 '한애' 를 표기한 문인이 한 명도 없다는 것을 알게 된 것도 최근의 일이다.

빈자리

할아버지가 살았던 집은 밭으로 변해 있습니다. 그 집의 오래된 감나무는 속이 텅 비어 있습니다. 속이 검은 그 나무의 몸속으로 아– 하고 소리치면, 오래된 이야기가 흘러나오는 듯 웅성거림이 들립니다.

나는 벌초를 하기 위해 그의 묘소가 있는 코빼기산을 오릅니다. 가을입니다. 나뭇잎들은 온통 핏빛으로 물들어 있습니다.

할아버지는 쟁기질 잘 하고 욕심이 많았습니다. 물싸움을 잘했는데, 사나운 성격이라 사람들이 두려워했습니다. 돌아가시기 전 오래도록 앓았습니다. 호랑이 눈썹에 앓아누운 눈빛은 보타져 있었습니다. 눈꺼풀이 검푸른 색이었습니다. 그때 이후 내게 있어 죽음의 색깔은 검푸르게 생각됩니다.

나는 손바닥에 침 뱉어 낫을 잡습니다. 무덤은 잔디가 드물어

반 넘어 흙빛입니다. 가뭄입니다. 산 위에서 본 저수지는 퀭한 눈동자처럼 보입니다. 그가 누운 땅속이 까맣게 비어 있을 것 같습니다. 나도 언젠가는 그 빈자리로 돌아가야겠지요. 두렵지 않았습니다.

보레

내가 태어난 마을에는 반편이가 한 사람 있었습니다. 사람들은 그 사람을 보레라고 불렀습니다. 나는 '보레'라는 말이 그 사람의 이름이 아니라, '반편이'를 일컫는 다른 말이라는 사실을 늦게서야 알았습니다. 보레는 대화 상대가 되지 못했으며, 일을 하지 않았습니다. 누군가가 말을 붙이거나 시비를 걸면, 상대가 어른이건 아이이건 빙그레 웃기만 하였습니다. 함께 있으면서도 이방의 사람인 그 사람은 늘, 동네 아이들의 놀림 대상이었습니다. 나이가 어머니와 비슷하였던 그 사람에게 돌팔매질을 하고 도망쳤던 기억도 있습니다. 하지만, 세월의 힘은 모든 사람이 피할 수 없는 것이어서 지금 그 보레는 이승의 사람이 아닙니다.

보레가 사라진 후 십여 년의 세월이 흘렀습니다. 보레 한 사람 없다고 해서 마을이 유지되지 않는 것은 아닙니다. 보레가 없어도 마을에서는 끊임없이 이야깃거리가 생겨나고, 유통되었습니다. 염소 새끼에게 젖을 먹이는 개에 관한 이야기. 다리가 셋 뿐인 송아지 이야기. 그중 딸만 일곱을 낳은 강진댁이 아들을 낳은 것은 오래도록 화젯거리가 되었습니다.

오랜만에 고향 마을에 가보니, 누구도 보레에 대한 이야기를 하지 않습니다. 몇몇이 앉아 술을 마셨습니다. 몇 번의 사업에 실패하고, 농사짓는 일과는 거리가 먼 나는 그들의 이야기에 쉽게 끼어들지 못하였습니다. 누구는 큰돈을 벌었다더라. 누구는 변호사가 되었다더라. 성공한 사람들을 이야기 하는데, 도무지 돈이나 직업이, 성공과 직결되는 논리를 이해하지 못하는 나는 웃고만 있었습니다. 머릿속으로는 아무짝에도 쓸모가 없다는 시를 또 쓰면서 그들의 이야기 너머에 있었습니다. 히죽히죽 웃으며 보레가 되어 앉아 있었습니다.

어머니와 찍은 사진

어떤 잡지에서 '나의 예술 나의 어머니' 란 주제의 원고를 청탁해 왔습니다. 어머니와의 추억이 깃든 사진도 몇 장 있었으면 좋겠다고 하였습니다. 나는 어렵지 않다고 생각하여 쾌히 승낙하였습니다.

그런데 원고의 초안을 잡아두고 앨범을 뒤져보니, 어머니와 찍은 사진이 단 한 장도 없는 것이었습니다. 물론 여럿이 찍은 사진 중에 어머니와 내가 한꺼번에 등장한 경우는 있었지만, 어머니와 둘이서만 찍은 사진은 없었습니다. 고향집에 가 보았지만 사정은 마찬가지였습니다. 집 안의 사진첩을 다 뒤졌지만 어머니와 함께 찍은 사진은 없었습니다. 사정은 다른 형제들도 마찬가지였습니다.

회갑이 다 되도록, 어머니의 사진은 석 장이 있었습니다. 스무 살의 어머니가 결혼식 때 찍은 사진 한 장. 그리고 두 고모의 결혼식 때의 사진. 이후 오랫동안 어머니는 사진 밖에서 살았습니다. 팔남매를 키웠지만, 자식들의 입학식이나 졸업식에서 어머니는 여전히 사진 밖에 있었습니다.

어머니가 사진 속에 등장한 것은 작은형의 대학 졸업식 때였습니다. 작은형은 우리 집에서 처음으로 대학을 나왔는데, 방송통신고를 졸업하여 독학으로 대학을 마쳤던 것입니다. 거기다가 졸업 전에 기사 자격증까지 취득한 터이었으니, 어머니는 그 형이 자랑스러웠을 것입니다. 그 후부터 어머니는 사진 속으로 들어왔는데, 그마저도 마을의 무슨 잔칫날이었거나, 해외에서 큰형이 사진기를 사들고 왔을 때뿐이었습니다.

그러나 어머니가 사진 속으로 들어가기 시작할 무렵엔, 나의 객지 생활이 시작되어 어머니와 내가 동시에 사진 속으로 들어간 것은, 어머니의 회갑 때였습니다. 앉아 있는 부모님을 향해 절을 올리는 사진이었는데, 엎드려 있는 내 모습은 어린아이의 기어다니는 모습과 크게 다르지 않았습니다.

결핍과 신화

다라이

겨울이 오면 어머니는 가마솥 가득 물을 끓였습니다. 찬물에 손이 튼 아이들을 목욕시키기 위해서였습니다. 펄펄 물이 끓어오르면, 어머니는 다라이라고 불렀던, 커다란 고무대야에 알맞게 섞인 물을 가득 채웠습니다. 맨 먼저 대야에는 막내가 들어갔습니다. 막내를 목욕시키고 나면, 그 물을 버리지 않고, 남은 형제들이 그 물로 몸을 씻었습니다. 경우에 따라서는 둘이 되기도 하고 셋이 되기도 하였습니다. 나는 형이나 아우와 함께 적당히 땟물이 섞인 그 물에 목욕을 하곤 하였습니다. 어느 정도 식어 있던 탓에 가마솥의 남은 물을 한 바가지씩 가져다 붓다 보면, 솥 안의 물은 바닥이 드러나곤 하였습니다. 따뜻한 물에 한참 몸을 담그면, 굳어 있던 때꼽자구가 슬며시 일어났습니다. 아무리 타월로 문질러도 다 지워지지 않은 몸의 때를 벗기기 위해 나는 오래도록 다라이 안에 앉아 있었습니다. 그럴 때면 몸이 왜 그렇게 가벼워지던지, 둥근 다라이는 어디선가 보았던 비행접시처럼 붕붕 날아오르곤 하였습니다.

다라이는 한참을 날아올라 구름 위를 지나갔습니다. 나는 손오공처럼 다라이 밖으로 나와 구름을 타고 날았습니다. 내려다보면 세상은 너무 작아져 있었습니다. 발가락만 한 산 사이로 머리카락 같은 것이 강이라고 흘러내리고 있었습니다. 방학 숙제나 배고픔 같은 것들은 아득한 세상의 것이었습니다.

우리들이 다 씻고 난 그 검은 물은 어머니의 목욕물이 되었습니다. 자식들의 땟물에 자신의 몸을 씻는 어머니는 목욕을 다 마치고 나면 찬물을 끼얹어 몸을 헹구곤 하였습니다. 그럴 때면 우리는 행여 찬물이 튈까 봐서 방 안으로 재빨리 들어갔습니다.

키가 큰 동백나무

고향집 둘레는 대숲입니다. 몇백 년은 되었을 그 대숲 안에는 키가 큰 동백나무 한 그루가 있습니다. 아래쪽에 잔가지 하나 없는 그 나무는, 대나무 우듬지께에서 그리 많은 통꽃을 피워내곤 하였습니다. 그렇게 키가 큰 동백나무는 쉽게 볼 수 없었던지라, 우리 집에는 다른 사람들이 흔히 볼 수 없는 동백나무와 다른 종류의 동백나무가 있노라고 자랑 삼아 말하곤 하였습니다.

그런데 이상한 것은 그 동백나무의 씨앗을 다른 곳에 심으면, 키가 쑥쑥 자라는 것이 아니라, 여느 나무와도 같이 작은 키의 동백나무가 되는 것이었습니다. 왜 우리 집에서는 키가 큰 동백나무가 다른 곳에서는 작은 키의 나무로 변하는지 나는 도무지 알 수가 없었습니다.

전문가로부터 그럴 수밖에 없는 이유를 들은 것은 오랜 후의 일입니다. 그 동백나무가 키가 큰 이유는 대밭에 있기 때문이라는 말은 오랜 나의 믿음을 깨뜨리는 것이었습니다. 주위의 나무들이 대나무들밖에 없으므로, 동백나무는 광합성을 하기 위해서 자신의 키를 대나무처럼 키웠던 것입니다. 오로지 살아남기 위해 낮은 곳에는 가지조차 내지 않았던 것입니다.

쑥떡

설날을 앞둔 그믐날이었습니다. 나는 어머니와 형이랑 쑥떡을 하였습니다. 어머니가 지난 봄에 캐어 말린 쑥 가루에 찹쌀 멥쌀 찐 가루를 섞어 떡을 하였습니다. 반쯤 금간 나무 절구통에 찐 쑥과 고두밥 넣고 형이랑 번갈아가며, 메를 쳤습니다. 고두밥 적어 '철푸덕' 소리 대신 '퍽' '퍽' 소리만 나는 절구질을 하였습니다.

한참 땀 흘리며 메를 치고 있는데, 작은집이랑 옆집에서 먼저 한 쑥떡을 가져왔습니다. 군침이 돌았지만, 고두밥 식기 전에 일을 끝내야 했습니다.

해 질 녘에 온 가족이 둘러앉아 쑥떡을 먹었습니다. 나는 이바지 온 쑥떡이 좋았습니다. 찰지고 고물 단 그 떡이 더 맛있었습니다. 떡이라면 쌀가루에 쑥이나 송기를 섞어 만든 것이라야 하는데, 우리 집에서 한 떡은 도무지 그러지 않았습니다. 쑥이나 송기에 쌀가루를 살짝 묻힌 정도랄까요. 그랬습니다. 맨 쑥을 씹는 느낌이 들었습니다.

그래서 나는 다른 곳에서 가져온 쑥떡에만 손을 대었습니다. 그런데 어머니는 우리 떡이 더 맛있다고, 쌀가루 적어 시퍼런 쑤세미 같은 그 떡이 맛있다고, 한 번도 남의 집 떡에 손을 대지 않았습니다.

해우

가을걷이가 끝나고 나서 매상을 하고 나면, 어머니는 일 년에 딱 한 번 김을 한 톳 사오곤 하였습니다. 고향에서는 그 김을 해우라고 부르는데, 혀끝에 닿아 살살 녹는 그 맛 때문에, 어머니가 장에서 해우를 사 온 다음이면, 끼니때가 그토록 기다려지는 것이었습니다.

그런데 생각만큼 밥상은 빨리 들어오지 않았습니다. 그 무렵 집에서는 보리와 쌀을 섞어 밥을 지었는데, 그 둘을 한꺼번에 얹히면, 보리가 설익기 마련이라서 보리만으로 먼저 밥을 하였습니다. 그 다음 불은 그 보리쌀을 다시 솥에 넣고 쌀 한 줌을 솥 가운데 가만히 얹힌 다음 밥을 하였습니다. 그러면 쌀과 보리가 그다지 섞이지 않는 밥이 지어졌습니다.

상이 들어오면, 구워진 해우 석 장이 함께 들어왔습니다. 아버지는 배급을 하듯이 해우를 나누었습니다. 아버지 한 장. 어머니 반 장. 큰형과 작은형도 반 장. 남은 육남매는 반의 반 장씩 할당되었습니다.

밥을 싸서 먹기는커녕, 김 가루처럼 잘게 쪼개어 밥에 발라 먹어도 반의 반 장은 헤픈 것이었습니다. 그러면 어린 우리는 서로의 것을 탐하곤 하였는데, 어머니 앞에 고스란히 남아 있던 반 장의 해우가 어느새 우리에게 골고루 나누어지곤 하였습니다.

아름다운 거짓말

오랜만에 작은집에 갔더니, 손수 술상을 내온 숙모는 액자 하나를 꺼내었습니다. 십만 원 들여 영정 사진 찍었다고, 이제 할 일은 아들 놈 장가 보낼 일만 남았다며, 반쯤 빠진 이를 드러내며 웃었습니다.

"느그 작은 아부지 돌아가셨을 때, 빤듯한 사진 한나 없응께 영판 옹삭스럽드라."

살아서 사진 한 장 남기지 못한 숙부는, 안방 문 위에 서툰 초상화로 남아 있습니다. 나는 술잔을 기울이며 액자 속을 보았습니다.

"와따. 이쁘네."

내 말에 볼 붉히는 숙모는 액자 속의 여자보다 훨씬 늙어 있었습니다. 그랬습니다. 주름이 거의 없고 볼이 통통한 액자 속의 얼굴은 어딘지 숙모의 모습과는 달랐습니다. 나는 무심코 그린 거냐고 물었습니다. 그러자 숙모는 '사진'이라는 말을 몇 번이고 반복하였습니다.

그런데 그것은 사진이 아니라, 사진을 스캐너로 컴퓨터에 입력한 다음, 그림 풍으로 편집한 것이었습니다.

"컴퓨터로 만들었네."

나는 서툰 알음을 은근히 내비쳤습니다. 노인네가 물정 모르고 바가지 썼다는 말까지 할 참이었습니다.

그러나 나는 이내 입을 다물고 말았습니다. 액자 속의 숙모는 한쪽 눈이 먼 모습이 아니었습니다.

거짓말 하면 똥구멍에 털 난다

어른들은 아이들이 거짓말 하지 못하게 하기 위해 다음과 같이 말하곤 하였습니다.

"애야. 거짓말 하면, 똥구멍에 털 난다."

아이들은 그 말을 믿고 자랍니다. 행여 똥구멍에 털 날까 봐, 함부로 거짓말을 하지 않는 건 물론입니다. 누가 거짓말을 한 것 같으면, 바지를 벗겨 똥구멍을 확인해 본다는 것은 아이들 사이에서는 일종의 풍습입니다. 사타구니에 털이 날 무렵 아이들은 깜짝 놀라게 되는데, 자신의 똥구멍에 난 털을 우연히 본 순간부터입니다. 그 시기를 일컬어 사춘기라고 하는데, 아이들은 행여 누군가가 자신의 똥구멍에 난 털을 볼까 봐서 지극히 폐쇄된 생활을 하려고 합니다. 화장실에 가거나, 자신의 방에 혼자 있게 되면, 반드시 문을 잠그는 게 이 시기의 특징입니다.

그리고 십여 년이 지나 아이들은 비로소 깨닫게 됩니다.

"그렇구나. 어른이 된다는 것은 거짓말을 할 줄 알아야 한다는 것이구나. 거짓말을 일상으로 하여야 어른이 되는 것이구나."

백구와의 추억, 혹은 똥개 예찬

예로부터 아름다운 것에 대해서, 사람들은 이름 붙이기를 좋아하였다. 그래서 조금 이름난 산이나 바다 등은 두 세 개의 이름을 가진 게 당연하였고, 한 시대를 풍미하였던 선비나 사상가, 미인들 또한 몇 개의 이름을 가지고 있었다. 예를 들면 그 이름이 일곱 개인가 몇 개인가인 금강산이 그러하고, 조선조 뛰어난 시인이자 미인이었다는 황진이가 그러하며, 지금 여기에서 말하고자하는 똥개가 그러하다.

똥개는 그냥 똥개로 불리지 무슨 이름이 또 있냐고 묻는 사람은 없으리라. 똥개는 흔히 그 색깔을 가지고, 황구(黃狗)와 백견(白犬)으로 불리며, 또한 그 품성을 높이 사서 견공(犬公)이라 칭하기도 한다. 또한 원래 식구에 딸린 식구라는 의미로 군식구라 부르기도 하였고, 짖는 소리에 따라 '멍멍이', '왈왈이' 등으로 불려졌다.

국어사전에서는 똥개를 잡종의 개라고 풀이해 놓았지만, 그것은 수정되어야 한다. 엄밀한 의미에서 똥개는 단순하게 잡종의 개를 의미하지 않는다. 인간의 역사와 거의 동시에 시작되었을 개의 역사에서 똥개는 한민족의 생활 반경 내에서 하나의 종으로 굳어진 개의 총칭이다. 다시 말하면 한민족과 함께한 민족 개인 것이다. 서양의 여러 종류의 개와 똥개 사이에서 태어난 개를 섣부르게 똥개라고 부르지 않는 것은 무엇인가. 그것은 똥개 나름대로의 혈통이 있다는 것을 인정하는 것이 아니겠는가.

똥개는 오래전부터 우리 민족의 생활 속에서 일개 가축이 아닌 하나의 가족으로 여겨져 왔다. 흔히 민가에서 개를 사오면, 그 이름 짓는 것이 우선이다. 태어난 자식을 위해 작명을 하듯이 새로운 식구가 된 똥개에게 이름을 붙이는 것이다. 그러나 그 이름은 그다지 어렵지 않다. 임꺽정의 이름이 '너 또한 백정으로 태어나서 걱정이다. 걱정' 하여서 걱정이 꺽정이가 되었듯이, 똥개의 이름은 일상어로 지어진다. 점이 있으면 점박이, 흰색의 털을 가지고 있으면 백구 내지는 흰둥이 하는 식이다.

나는 백구라는 이름을 가진 개 한 마리를 기억한다. 내가 예닐곱 살 났을 때 그 녀석을 만났는데, 내 유년의 절반은 집에서 길렀던 백구의 몫이다.

백구는 유난히 털이 흰 개였다. 그 흰 몸뚱이가 너무 예뻐서 나는 줄곧 그 녀석을 품에 안고 다녔다. 학교에서 돌아오면, 내 발걸음 소리가 대문에 닿기도 전에 녀석은 달려 나와 꼬리를 흔들어 댔다. 녀석은 어렸지만, 우리 집의 넉넉하지 못한 살림 덕분에 하루 두 끼 먹기도 힘들었다. 아침밥과 저녁밥을 주었는데, 그나마도 식구들이 밥그릇을 깨끗이 비운 날이면, 녀석은 밥티 한두 개 뜬 멀건물에 허기를 때우기 일쑤였다.

백구는 때로 낑낑 대기도 하였지만, 녀석이 아주 굶는 것은 아니었다. 저녁을 먹은 내가 외따로 떨어진 화장실에 가기 무서워 마당가에 있는 두엄더미에 대변을 보면, 어김없이 와서 그것을 먹어치웠다. 그때 나는 세상에는 버릴 게 하나도 없다는 사실을 배웠다. 내가 먹고 싸는 똥을 백구가 먹고 백구가 먹고 싼 똥을 배추나 무가 먹고 그 배추나 무를 내가 먹고 하는 식으로 세상은 서로에게 먹이가 되어주는 관계로 이해되었다.

그렇다고 해서 백구의 허기가 다 채워졌다고 보기는 힘들었다. 내 팔뚝만 했던 녀석이 어느새 내 몸뚱이만큼 자라 있었기 때문이었다. 때로 녀석은 낑낑대기도 하였는데, 그것은 어디까지나 굶주림 때문이었다. 나는 그가 배고픔에 끙끙 대는 것을 알고 나서 내 몫으로 놓인 밥그릇을 온통 되작여놓고 그만 먹는다고 숟가락을 놓곤 하였다.

"우째 밥을 고라고 묵냐?"

어머니가 말하면,

"묵기 싫응께 그라제"

하곤 하였다. 그것만이 백구에 대한 내 애정의 직접적인 표현인 셈이었다.

백구의 몸이 제법 갖춰진 어느 날, 나는 사냥을 한답시고 백구를 끌고 뒷산으로 향했다. 하지만 말이 뒷산이지 내가 살았던 곳은 산골이라서 산은 깊고 험했다. 토끼 한 마리 발견하지 못했는데, 해는 저물고, 문득 나는 내가 서 있는 곳이 어딘지 분간할 수가 없었다. 어둠은 벽처럼 쌓여가고 나는 너무 암담하여 눈물도 나오지 않았다. 막막한 그 상황에서 내가 믿을 수 있는 것은 백구뿐이었다. 나는 백구의 고삐를 잡고 봉사처럼 길을 걸었다. 그런데 어둠에 묻힌 탓인지, 백구가 앞서 가는 길이 집으로 돌아가는 길이 아닌 것만 같았다. 그런 생각이 들 때마다 나는 백구를 붙잡기는 하였지만, 그렇다고 다른 길로 내가 이끌 수 있는 상황은 아니었다. 얼마나 걸었을까? 느닷없이 백구가 짖어대기 시작 하였다. 비로소 나는 한숨을 쉬었다. 마을의 불빛이 보이고, 어머니가 부르는 소리가 들려왔다.

백구는 무럭무럭 자랐다. 수컷이었던 탓일까? 녀석의 허리가 늘씬해지고 뒷다리 근육이 팽팽하게 되었을 무렵, 녀석은 마실을 다니기 시작하였다. 학교에서 돌아오면 영락없이 꼬리를 흔들고 대문 앞에 서 있어야 할 녀석이 어느 날부터 보이지 않았다. 나는 백구의 행방이 궁금하여 마을을 한 바퀴 돌곤 하였다. 그리고 나는 알았다. 녀석이 사랑에 빠졌던 것이다.

그 무렵 한 마을의 영암댁네에는 잘록한 허리를 가진 점박이가 있었던 것이다. 암컷이었던 점박이를 보고 백구는 그만 눈이 멀어버린 것이었다. 내가 영암댁네 가서 아무리 백구를 회유하려 하였지만 백구는 내 말을 듣지 않았다. 그때부터 백구는 우리 집의 자기 밥그릇에 놓인 밥은 하나도 먹지 않았다. 백구는 항상 점박이 옆에 붙어 있었다. 그렇다고 영암댁이 백구의 양식까지 대 준 것은 아니었다. 그 집에서는 어김없이 점박이의 밥만 주었으며, 백구는 배가 주린 것이 눈에 보일 정도인데도 점박이가 식사를 하는 동안 가만히 곁에 앉아 있기만 하였다. 사랑의 열병을 앓는 동안 백구는 식음을 전폐하였다.

그리고 백구가 앙상한 몸꼴로 우리 집에 온 것은 열흘쯤 지나서였다. 녀석은 어느 때보다 식욕이 왕성하였으며, 먹는 것에 걸맞게 살이 피둥피둥 올랐다.

여름이 되었다. 어느 날 학교에서 돌아오니 백구가 마당가 살구나무에 매어 있었다. 어딘가에 묶여 있는 백구의 모습을 처음 본 것은 아니었지만, 그날은 좀 달랐다. 마을의 어른들이 몇몇 모여 있었고, 백구는 눈에 가득 눈물을 머금고 있었다. 백구는 부들부들 떨고 있었다. 그리고 나에게 눈빛으로 말하고 있었다. '나는 아직 죽을 때가 아니야. 살려 줘' 나는 사람들이 백구를 잡아먹으려 한다는 것을 어렵지 않게 알 수 있었다. 나는 조용히 백구를 풀어 주었다. 백구는 부리나케 대숲으로 향하였다. 그 일 덕분에 나는 혼찌검이 났지만, 한 목숨을 구할 수 있었다는 것은 커다란 기쁨이었다.

하지만 그 일이 있고나서 나는 안심을 할 수가 없었다. 내가 없는 사이 언제 또 백구의 목숨을 노릴지 알 수가 없었다. 나는 어머니로부터 백구를 잡아먹지 않겠다는 다짐을 받기는 하였지만, 그것으로 나의 근심이 사라지지는 않았다. 나는 백구를 묶은 줄을 풀어 달라고 떼를 썼다. 그 후 고집스런 나의 간청으로 결국 백구의 목줄은 사라졌다. 그때부터 백구는 동구 밖까지 나를 반기러 나오기도 하였고, 비까레며 깽벤이며 만손뜰을 마음껏 돌아다닐 수 있었다.

그리고 얼마나 지났을까? 백구의 주검을 내가 보게 된 것은. 나로 인해 목숨을 건지고 나서 불과 한 달이 지나기 전이었을 것이다. 어느 날 문득 백구가 집에 들어오지 않았다. 나는 또 이 녀석이 지독한 사랑에 빠졌거니 생각하였다. 그리고 며칠이 지났을까. 어느 날 문득 백구의 주검이 마당 한가운데 놓여 있었다. 나는 깜짝 놀랐고, 자초지종을 어머니에게서 들었다.

"사람들이 용두봉(마을 뒤쪽의 높은 산)쪽에서 늑대 울음소리가 들린닥 해갖고, 느그 성이랑 멫이서 올라가 봤제. 마침 백구가 집이 안 들어오고 그래갖고, 맴이 묘해서 가 봤제. 그랬드니 백구가 덫에 걸려 있어야. 눈이 뒤집혀갖고, 참말로 무섭드라야. 그냥 둘까 허다가 느그 성이 몽댕이로 패갖고, ……."

백구의 최후는 그러하였다. 나는 백구와의 인연을 끝으로 개에 대해 그다지 각별한 애정을 가질 수 없었다. 그러나 나는 백구를 통하여 몇 가지 중요한 것들을 얻었다. 어쩌면 한낱 똥개인 백구가 내 인생의 스승이 된 셈이었다. 이야기를 끝내면서 똥개 예찬 몇 가지를 해 볼까 한다.

똥개, 그대는 환경론자이다. 인간의 화장실이 수세식 변기로 거의 바뀌어서 새로운 환경문제로 인간의 배설물이 문제가 된 이즈음에 새삼스레 그대의 모습이 그립다. 그대는 쓰레기가 될 것들은 먹이로 삼아 이 땅이 쓰레기 더미가 되는 것을 막아왔다. 어디 그대가 인간의 똥만 먹었던가. 음식을 만들고 남은 무 껍질, 파 껍질, 감자껍질, 갈치 대가리 등을 섞어 푹 삶아주면, 그대는 두말없이 그 쓰레기 같은 것들을 양식으로 삼았다. 그리고 어김없이 두엄더미나 큰 나무 밑에 배설을 하여, 배설물이 쓰레기가 아니라, 온갖 식물의 먹이가 되게 하였다. 그것뿐인가. 묘지 문제도 새로운 환경문제로 대두되는 지금 그대는 혈통 있다는 개들이 저마다 제 무덤을 만들어 자연을 훼손하고 있는 마당에, 주검마저 양식이 되어 다른 자를 살찌게 한다.

똥개, 그대는 개들의 세계에서 민중이다. 온갖 족보 있는 것들이 설쳐대는 판국에 그대는 이렇다 할 족보도 없이 한 생애를 살다 간다. 그대를 닮은 그대의 주인이 하루 두 끼를 먹으면 함께 두 끼만으로 버티고, 설령 주인은 세 끼를 먹어도 두 끼만으로 살아남으며, 주인이 한두 끼 먹을 양식마저 없을 때는 제 한 몸 아낌없이 바치는, 민중 사랑의 표본이다.

똥개, 그대는 자연주의자이다. 그대는 아파트나 빌딩을 좋아하지 않으며, 오직 자연을 벗 삼아 한평생 살고자 한다. 그것은 환경을 사랑하는 그대의 정신과 맞닿아 우리 인간들에게 하나의 귀감이 된다.

똥개, 그대는 사랑의 화신이다. 사랑 앞에서 그대는 이해타산을 따지지 않는다. 재산을 묻지 않고, 지위를 묻지 않는다. 사랑을 위해서 며칠씩 굶는 것 따위를 두려워하지 않는다. 죽음으로 못 이룰 사랑 있던가, 그래서 그대의 사랑은 아름답다. 그대는 사랑을 만나면, 일을 한다거나 밥때를 지킨답시고, 사랑 곁을 떠나지 않는다. 주린 배를 참고, 사랑 곁에서 며칠이고 견딘다. 그 사랑이 마침내 사랑일 때까지.

똥개, 그대는 자유주의자이다. 너의 조상들이 그러하였듯이 너희들은 산과 들을 떠돌기를 좋아한다. 지독하게 묶이는 것을 싫어하고, 자유를 구하기 위해 식음을 전폐하기도 한다.

똥개, 그대는 사색주의자이다. 모두 잠든 밤이면 홀로 깨어 달과 별을 바라보며 우주와 죽음을 생각한다. 깨친 자에게 죽음이 무어 두렵겠는가. 때가 되면 너의 주인이 너를 죽이리라는 것을 알면서도, 목숨 바쳐 다른 자를 배부르게 할 수 있다면, 기꺼이 그 죽음을 받아들이는 것도 너의 깊은 사색의 결과다.

똥개는 자유연애자이다. 한 번 사랑에 빠지면, 앞뒤를 가리지 않지만, 애정이 식으면, 의무 때문에 매달리지 않는다. 어디에도 영원한 사랑은 없고, 사랑은 지금 절실한 어떤 것이라는 것을, 너는 말한다.

福

어린 날, 방 청소를 하며 방 안쪽에서 문 쪽으로 쓸어 나가면, 집 안의 복이 집 밖으로 달아난다고 어머니께서 말씀하셨습니다. 더군다나 문 쪽으로 쓸어나가 장판 한 끝을 들고 마당으로 훽 먼지들을 쓸어내기라도 할 때면, 어김없이 호통 소리가 들렸습니다. 그래서 나는 방에서 나온 먼지들을 조심스럽게 모아 아궁이에 버리거나 두엄더미에 버리거나 하였습니다.

하지만, 먼지가 곧 福이라는 공식을 이해하는 데는 너무 오래 걸렸습니다. 왜 그깟 먼지를 복으로 이해하고, 그것으로 불을 때거나, 두엄으로 쓰거나 하였을까. 거기에 대한 의구심은 장성한 후에도 지워지지 않았습니다. 언제였을까. 내가 문득 먼지가 복이 되는 공식을 깨달았던 것은. 거기에는 놀라운 비밀이 있었던 것입니다.

방 안의 먼지들은 결국 내 몸이 生을 지우며 생긴 부스러기였던 것을, 生이 끝난다는 것은 그 먼지인 부스러기만 남긴다는 것임을, 먼지는 곧 인간의 몸이므로 그것은 복이며 돈인 것을, …….

서른이 되어 나는 방 청소를 하면서, 어머니의 먼지론을 깨달으며, 내 生의 부스러기들을 청소기로 모읍니다. 함부로 버리지 않고, 소중히 싸서 쓰레기통에 넣습니다. 그것들이 아궁이를 덥히거나 거름이 되지 못한다는 것이 조금은 슬픕니다.

어칳게 나 혼자 묵는다냐?

감나무를 좋아하는 나는 시골이라면, 감나무가 있어야 한다고 생각한다. 따라서 시골이라는 말도 시곡(柿谷), 시(柿)골, 즉 감나무골이라는 말에서 오지 않았을까? 하는 엉뚱한 생각까지 한다. 지금도 그 생각에는 별 변화가 없어서 감나무가 있는 곳이라야 시골이며, 감나무 한 그루쯤 있는 집이라야 시골집 같다는 느낌이 든다.

어렸을 적 우리 집에는 감나무가 많았다. 사과나무나 배나무 유자나무는 없었지만, 감나무는 종류도 다양하여, 열댓 종의 감나무가 있었다. 윗집과의 사이에는 갱감나무, 올배감나무, 봉옥시, 접시감나무가 있었고, 뒤란으로 돌아서면, 장두감나무, 찰감나무, 꼬치감나무, 단감나무 등이 집을 둘러싸고 있었고, 집에서 조금 떨어진 대삺에는 산감나무와 먹감나무도 있었다.

감나무는 먹을거리가 충분하지 못했던 우리들에게 철마다 간

식거리를 주었다. 봄이면 감똥이라고 불렀던 감꽃을 주워먹었고, 여름이면 풋감을 따다가 장꼬방에서 우려먹었다. 그리고 추석 무렵이면 단감을 따서 먹었고, 날씨가 차가워지면, 가장 먼저 홍시를 다는 꼬치감나무에서 익은 것을 골라 먹었다.

감나무의 속성도 저마다여서 감이 많이 열리는 나무는 꼬치감나무였고, 올배감나무와 찰감나무는 열매가 드물었다. 열매가 많은 감나무의 감은 속이 물렀고, 열매가 드문 나무의 열매는 속이 오졌다. 무엇보다 맛있는 감은 찰감이었는데, 한 해에 다섯 개쯤 익으면 다행이었다.

하지만 십여 년 전 집을 새로 지으면서, 집 주변에 있던 감나무를 전부 베어 버렸다. 오래된 동백나무를 비롯하여, 다른 나무도 거의 옮기거나 잘라버렸지만, 나는 무엇보다도 감나무가 사라졌다는 게 서운했다.

이리도 감나무에 애착이 많은지라, 몇 해 전 고향으로 돌아오며 안착할 집을 찾을 때도, 감나무가 많은 집이 유독 눈에 들었다. 내가 자리를 잡은 집은 감나무골이라 불러도 좋을 만큼 감나무가 많았고, 나는 내심 내 집을 시(柿)골이라고 생각하고 있었다.

감나무가 이렇게 많으니, 여름이 지나면서부터는 단감을 맛볼 수 있을 것이고, 가을이 깊으면, 홍시 따먹는 재미가 쏠쏠하리라

여겼다. 하지만 감꽃만 무성했던 감나무에 열매 몇 개 달려 있던 것이 태풍이 지나면서 하나도 남김없이 떨어지고 말았다. 감을 맛보리라던 내 기대도 여지없이 무너지고, 나는 기껏해야 풋감을 주워다가 감식초나 담가 두었을 뿐이었다.

그렇게 한 해가 가고, 다시 새해가 왔을 때도 내 관심은 어떻게 하면 풍성한 감 수확을 할 수 있을까 하는 점이었다. 사람들의 조언을 들어보았지만, 별것은 없었다. 감꽃이 필 때 살충제를 뿌리면, 감에 충이 들지 않기 때문에 어지간한 바람에도 열매가 떨어지지 않을 것이란 말이 많았다. 하지만 그것은 귀에 담을 말이 못 되었다. 비료를 주지 않고, 농약을 치지 않은 감을 먹고 싶다는 것이 나의 바람이었기 때문이었다. 감나무를 위해 내가 한 일은 따로 있었다. 겨울 동안 감나무 주위를 파서 개똥과 마른 풀을 섞어 묻어 주었다. 내 폭으로는 감나무에 밑거름을 준 것이었다.

그렇게 준비한 한 해가 또 흘러갔다. 하지만 이번에도 실패였다. 스무 그루 남짓한 감나무에서 겨우 열 두 개의 감을 땄을 뿐이었다. 감을 좋아하는 내가 혼자 먹기에도 턱없이 부족한 양이었다. 그래서 할 수 없이 겨울에 먹을 요량으로 퇴비로만 감을 키우는 아는 이의 농장에서 감을 두어 접 샀다.

그렇게 다락에 안친 감이 보름이 지나가 하나씩 익기 시작했다. 하지만 맨 처음에 익은 감은 내 입으로 들어가지 못했다.

"홍시 된 것 몇 개 골라서 어머니 갖다 드리면 안 될까요? 어머님이 감을 좋아 하시던데, ……."

아내의 말에 꼼짝을 못하고, 어머니께 가져다 드렸다. 그러나 내 입도 서운하지 않았다. 며칠이 지나지 않아 여러 개의 감이 홍시로 변했기 때문이다. 아내와 나는 익은 감을 수시로 꺼내 먹었다.

그렇게 한두 개씩 꺼내 먹다보니, 불과 한 달여 만에 절반 이상이 없어졌다. 그런데 어느 순간부터 아내가 감에 손을 대지 않았다. 나는 '이 사람이 하도 먹다보니, 질렸나보다.' 라고 생각했을 뿐 다른 생각을 하지 않았다. 그러다 해를 넘길 즈음에는 미처 열 개도 남지 않게 되었다.

그러던 어느 날, 아침에 출근할 때 분명히 대여섯 개 남아 있던 홍시가 저녁에 먹으려고 다락을 열어 보니 하나도 남아 있지 않았다. 아내에게 물으니, "어머님이 너무 좋아하시는 것 같아서 어머님 가져다 드렸어요."라고 대답하였다. 그러면서 어머님이 하도 좋아하시는지라 자신은 먹고 싶은 것도 참아 왔다는 말까지 하였다.

그런 아내의 속도 모르고, 나만 속없이 좋아하는 것은 입에 넣고 산 셈이었다. 그래도 아내의 착한 마음이 보이는 것 같아 마음이 훈훈해졌다. 아내가 가져다준 홍시를 어머니는 그 자리에서 달게 잡수시더란 말까지 들으니, 내가 먹은 것보다 기분이 더 좋았다.

그 일이 있고 난 며칠 후가 설이었다. 이번 설은 작년에 돌아가신 아버지께 처음으로 차례를 지내는 날이기도 하였다. 차례를 지내려고 본가에 갔더니, 상에 오른 음식 중 유난히 눈에 띄는 것이 있었다. 보기에도 탐스러운 홍시 세 개가 제사상 위에 올라 있었던 것이다.

"저리 귀하고 아까운 것을 어칳게 나만 묵는다냐? 맛이나 볼랑가 몰것다마는, 입맛이나 다시라고 올려놨다."

전에는 "아버지 생각 안 나요?" 하고 물으면, "다시 태어나면 늑 아부지 같은 사람은 안 만날란다."라는 말만 하셨던 어머니였다. 어머니는 상 맞은편에 아버지가 앉아 계신 양, 그쪽으로 눈을 돌리며, 그렇게 말씀하시는 것이었다.

천원집

우리 동네 삼거리엔 구멍가게 하나 있는데요
가게나 점방이라는 간판도 없이 한 사십여 년 장사하는 집인데요
팔순인 월평 할머니가 하루에 과자나 두어 봉지 파는 곳인데요
물건 사러 온 손님이 가격표 보고 알아서 돈 주고 가고
외상값 같은 것도 알아서 머릿속에 적어 넣어야 하는 곳인데요
전에는 하루에 막걸리 두 말도 팔고 담배도 보루째 팔았대요
글 모르는 월평 할머니와 글 모르는 손님이 만나면
물건 값이 눈대중으로 매겨지는 집이기도 하지요
물건 값은 따로 있는 게 아니고 쓸 사람이 정하는 것이라는
월평 할머니의 경제학이 통하는 곳인데요
가격표 같은 것은 그저 참고 사항에 불과한 것이고요
낱돈 없는 날에는 구백 원짜리가 천 원짜리가 되고

천이백 원짜리도 천 원짜리가 되어서

그냥 천원집이라 불리는 집인데요

한 십 년 묵은 외상값이 부조금이 되기도 하는

천원집이 있기는 있었는데요

2장

•

천천히 봇둑을 건너보라. 잔물결 소리가 하늘에 닿는다. 역시 독백정은 겨울이라야 제격이다. 잡목들이 우거진 여름의 숲하고는 전혀 다르다. 이 나라 어디에 이만한 솔숲이 있던가. 나무들은 일제히 정자를 향하여 엎드려 있다.

—「산에게 미안하다는 듯 앉은 동백정」 중에서

강이 묻는다
– 탐진시편1

울며 바닥을 혀로 기어본 적 있느냐?

강이 묻는다

문화의 수도 장흥을 꿈꾸며
-탐진강변 정자들을 중심으로

남도 0번지 장흥

남도를 가로 세로로 나누면 그 중심에 장흥이 있다. 가로로 선을 긋고 +와 -사이의 중심에 다시 세로로 선을 긋고 만나는 지점을 보면, 그곳이 장흥이다. 이른바 제로의 그 점이다. 그런데 그 0의 지점이라는 말은 단순하게 지리적인 우연성만 나타내지는 않는다.

남도를 가로와 세로로 나눌 때, 그 가로축은 물질과 긴밀한 연관을 맺고 있으며, 세로축은 문화와 관련이 있다. 가로축의 극점이랄 수 있는 목포와 광양은 항구이다. 일제 강점기에는 목포가 부흥을 누렸다면, 그 이후는 광양이 새로운 부흥지로 떠오르고 있다.

---

* 이 글은 2001년 '장흥문화마당' 창립대회 때, 발기문 형식으로 쓴 것입니다. 따라서 15년이 지난 지금과는 상황이 다소 다른 점이 있습니다. 하지만 대부분의 사람들이 정자 문화에 대해 관심을 두지 않고 있을 때 썼던 글이라서, 그때의 생각을 기록으로 남겨 두자는 차원에서 이 책에 끼워 넣었습니다.

또한 세로축의 극점이랄 수 있는 다도해의 여러 섬들과 광주 담양은 관광지로서 사람들의 시선을 끌었다. 좀 더 자세히 살펴보면, 장흥에서 가로축을 이용하여, 조금만 이동하면, 열차가 다니는 보성이 있고, 교통의 요지라는 순천이 있으며, 남도에서 가장 공업이 발달한 여천공단과 광양항이 있다. 경부선을 축으로 일기 시작한 경제개발의 붐이 광양과 여수, 순천까지 영향을 주었지만, 장흥은 당연하게(?) 거기에서 제외되었다.

뿐만 아니라, 남도 행정의 중심지인 광주는 장흥에서 두 시간 가까이 북으로 올라가야 한다. 그래서 장흥은 행정력의 영향이나, 도청 소재지인 광주의 인구가 미치는 부가적인 혜택에서도 다시 벗어난다.

그러나 그것만으로는 장흥이 0일 수밖에 없는 이유를 설명하기에는 부족하다. 군부 독재와 맞물려 시작된 물질만능주의 풍조 이후 일기 시작한 관광 붐에서 해남 강진과 다도해가 떠오를 때, 장흥은 또 침묵 속에 놓인다. 계속되는 '해당 없음' 이 장흥의 현실이다.

그래서 지방 자치와 더불어 장흥이 내세운 궁색한 구호가 '문림의향' 이다. 관광지도 아니고 전자나 자동차의 도시도 아닌, '문림의향' 이라는 관념적인 단어. 그러나 장흥은 문림이나 의향으로서 변별력을 가지고 있지 못하다. 조선시대의 기봉 백광홍과 백광훈 형제, 그리고 현대문학에서 송기숙 한승원 이청준으로 대변되는 장흥의 문학. 그들은 이미 억불산의 큰소나무처럼 거대하고 뿌리 깊은 나무이다. 그러나 어찌 천연기념물에 가까운 거목 몇 그루 있다고 해서 문림이라는 말을 사용할 수 있을 것인가?

적어도 문림이라고 부르려면 거목들과 어울려 수많은 나무들이 어깨를 나란히 하고 있어야 한다. 그렇게 하기 위해서는 현실적인 프로그램이 있어야 한다. 그리하여 수많은 문인들이 우후죽순처럼 솟아나올 때, 그때서야 비로소 문림이라는 말을 사용할 수 있을 것이며, 잡목 몇 그루쯤 있어도 상관이 없을 것이다. 의향이라는 말은 더욱 궁색하기 그지없다.

나라가 떠들썩할 만큼 의로서 목숨을 거둔 자도 없고, 장흥이 중심이 되어 의기로 일어난 항쟁 또한 없었다. 그러나 장흥은 '문림의향' 이다. 시가문학으로 유명한 담양에 못지않는 정자 문화가 있으며, 갑오농민전쟁 당시 최후의 일각까지, 최후의 일인까지 목숨을 걸고 싸웠던 농민군이 있다. 담양의 정자들이 정철이나 송순의 개인 소유였다면, 장흥의 정자들은 대부분 '문중 사람들' 의 것이었다. 전봉준 장군이나 김개남 장군에 비견되는 이방언 장군이 있지만, 장흥에서는 농민군들이 먼저 평가된다. 그렇다. 장흥의 문화는 '-들' 의 것이다.

개인보다는 전체가 우선시 되는, 1이 아니라 0의 문화. 컴퓨터의 2진법이 아니더라도 문화의 흐름은 01의 반복이고 상호침투 속에서 발전한다. 거칠게 얘기하면 1은 남성성이고 0은 여성성이다. 강진에 가면 정약용의 다산 초당이 있고, 해남에 가면 초의선사로 유명한 대흥사와 윤선도의 보길도가 있다. 하지만 장흥에는 누구의 무엇은 없다. 가사문학의 효시인 기봉 백광홍의 정자도 없으며, 장태장군 이방언의 생가도 없다.

문제는 이 '없음' 이다. 없다는 것은 단순하게 마련하지 못했거나 보존하지 못했다는 차원은 아니다. 여기에서 '없음' 은 굳이 있을 필요가 없었다는 의미와 통한다. 기봉이 풍류를 몰라서 정자를 짓지 않은 것이 아니라, 기봉이 풍류를 즐길 만큼, 장흥에는 이미 그런류의 정자들이 많았다는 의미이다.

그렇다. 장흥에는 이미 많이 있었고, 많이 있다. 선사시대의 유물인 고인돌이 가장 많이 있으며, 선교 9산의 시작인 보림사가 있다. 또한 명산이라고 할 만한 산들이 여럿 있고, 넓은 들과 맑은 강이 있다. 그리고 그 무엇보다 메산이가 생산되는 건강한 바다가 있다. 다 있어서 드러나지 않는 곳. 장흥을 여행하는 것은 처음과 끝을 동시에 가는 것이다.

완결성과 정체성을 동시에 지닌 '장흥문화'

한반도의 가장 아래쪽에 위치한 남도. 그중에서도 장흥은 유독 큰물이나 높은 산에 싸여 있다. 어디에서건 장흥에 가기 위해서는 평탄한 길을 선택할 수 없다. 물길로 가려면, 배를 타고 남해를 지나거나 탐진강의 검은 물결을 거슬러 올라야 한다. 그래서 탐진강이라는 강의 이름도 탐라국 사람들이 닻을 내린 곳이라고 해서 지어졌다는 기록도 전해진다. 물길은 그만두고라도 가장 흔한 이동 수단인 자동차를 이용하여 장흥에 가려고 하면 어김없이 돈밧재나 피재, 곰치재를 넘어야 한다.

그래서인지는 몰라도 기차역이 없는 장흥은, 이른바 장흥문화권이라는 용어를 사용해도 될 만큼, 독특한 문화유산을 가지고 있다. 자체적인 완결성을 가진 장흥문화. 이미 다 있음. 그러나 문제는 완결성이라는 것이 걸림돌이 된다.

이진법으로 말하면, 0이 가지는 상징성인데 완결은 곧바로 정체성으로 이어진다. 그래서일까? 장흥이 지니는 풍토도 그러하고 문화의 속성도 그렇게 보인다. 이미 다 있어서 안주하고 있는 모습이랄까? 흔히 문화는 남성성이나 여성성이 두드러지면서 발전한다. 그런데 장흥은 '중성'이라는 느낌이 강하다. 그러나 여기에서의 '중성'은 무성(無性)은 아니다. 성의 구분이 없다는 것이 아니라, 양성이 합쳐진 것이다. 어찌 보면 남녀가 잘 엉켜 있는 느낌. 영산강을 보면 남성의 이미지가 강하고 섬진강을 보면 여성의 이미지가 강하다. 그러나 장흥의 탐진강을 보라. 남성성과 여성성을 동시에 가지고 있다. 느낌이 그렇다는 것이다. 강이 아니더라도 장흥의 여러 산들을 천천히 떠올려보라.

장흥에서 태어나 장흥에 주소를 두고 있으면서도 나는 장흥에 대해 너무나 모르고 있었다. 문화 유적 답사를 한답시고 이곳저곳을 싸다닌 후에야 장흥에 대한 나의 인식은 바뀌게 되었다. 수준급의 문화 유산이 고향에 있었는데, 그것은 도외시하고 외부의 것에만 대단한 가치가 있는 것으로 생각해 왔던 것이다. 부끄럽고 부끄러웠다.

그동안 내가 의지해 왔던 대부분의 문화유산 답사기를 들춰보면 그 내용이란 것이 초라하기 짝이 없다. 그것은 대부분 답습하고 인정해 온 것에 대한 화사한 평가에 불과하다. 장흥에 대해서도 예외는 아니다. 가장 잘 팔렸다는 답사기에 장흥에 대해 언급된 것은 보림사뿐이다. 또한 세부적으로 다루었다는 책을 보아도 사정은 마찬가지이다. 장흥에 대해 언급한 부분은 보림사와 방촌마을 입구의 장승뿐이다.

물론 그것들의 가치가 대단하기는 하지만 장흥 전체를 이야기하면서 그것만 거론한다는 것은 문제가 아닐 수 없다. 장흥은 복합적인 요소를 지니고 있는 지역이다. 불교와 유교, 그리고 민속문화 유산과 풍습 등 여타의 문화면에서 장흥은 너무나 풍부한 자산을 가지고 있다. 흔히 나는 외지인들과 장흥을 답사할 때면, 보림사에 가지 않는다. 오히려 약사사나 고산사, 그것도 아니면 탐진강 줄기를 따라가며 이어지는 동백정, 용호정, 부춘정, 독취정, 사인정 등 정자들을 소개한다. 그러면 대부분의 사람들은 벌어진 입을 다물지 못한다.

탐진강변의 정자들

아름다운 물빛이 있는 강에 빠지지 않고 등장하는 것이 정자이다. 탐진강이 온 들을 적시는 장흥도 예외는 아니어서 10여 개의 정자들이 요소요소에 자리하고 있다. 장동 두룡의 용암정, 부산 호계의 동백정, 지와몰 용반리의 용호정이 있고, 거기에서 강을 따라 내려오다 보면 경호정, 부춘정, 독취정, 사인정 등 이름을 다 열거하기에도 벅찰 정도의 정자들이 강줄기에 옥구슬처럼 꿰어 있다. 이른바 팔정자라고도 하고, 십정자라고도 하는 장흥 탐진강의 정자들이다.

그런데 장흥의 정자들을 소개한 자료들을 뒤지다보니, 누군가가 장흥의 정자들을 소개하면서 남산 공원 꼭대기의 팔각정을 거론해 놓았다. 물론 팔각정도 정자이기는 하지만 장흥의 정자 문화권이라는 단어 속에 들어갈 만한 가치가 있다고 생각하였는지, 그 발상이 우스울 뿐이다. 최근에 와서 많은 지자체들이 정자들을 짓고 있다. 그런데 국책 사업의 일환으로 지어지고 있는 마을 앞 정자들을 빼고, 공원 같은 데 세워지는 정자들을 보면 한 가지 생각이 든다. 그런 정자들은 한사코 산꼭대기를 차지한다. 자연과 사람을 내려다보겠다는 오만이 들어 있는 것이다.

산꼭대기에 정자를 짓는 것은 지기를 누르기 위한 것이다. 따라서 과거에도 산꼭대기에 정자를 짓는 경우가 있었다. 그것은 풍수상 그 산의 기가 너무 강하여 그곳에 사는 사람들에게 피해를 준다고 판단하였을 때, 방편으로써 그렇게 한 것이다. 하지만 근래 들어 산꼭대기에 짓는 정자는, 순한 산의 정상에 짓는 경우가 많아서 풍수적으로도 의미가 없다. 다만 인간의 편의를 위한 것이고, 위정자들의 이름을 내세우기 위해서이다.

그런 정자는, "이 정자는 치적 사업이므로 민중들은 이 정자를 볼 때마다, 수장의 노고를 되새겨라!" 이렇게 말하는 것 같다. 오만 방자한 현대인들의 자화상이 아닐 수 없다.

장흥에서도 그러하다. 남산 위의 팔각정은 이전의 장흥의 정자들이 지니고 있는 문화적 의미를 배반한다. 가만히 장흥의 정자들을 생각해 보라. 어느 정자가 산꼭대기를 넘보던가. 장흥의 모든 정자는 산(자연)에게 미안하다는 듯이 앉아있다.

'지가 여그 조깐 자리하고 앙거도 되겄습니까?' 라고 묻는 듯하다.

탐진강변의 정자라고 해도 좋고 장흥에 있는 정자라고 해도 좋다. 이상하게도 탐진강변의 모든 정자는 장흥 땅에 있기 때문에 두 표현이 엇갈리지는 않는다. 하지만 정자라는 것이 어떤 땅에만 있는 것이 아니라, 강과 함께 있는 것이기 때문에 '탐진강변의 정자' 라는 표현이 더 합당하다고 생각한다.

탐진강변의 정자들은 몇 가지 공통점을 가지고 있다.

첫째, 탐진강변의 정자들은 물과 바위와 산이 함께 한 곳에 있다. 탐진강의 상류에서부터 내려가면, 바위가 아름다운 곳에는 꼭 정자가 있다. 그리고 그곳에는 꼭 보가 있어서 검푸른 물빛을 볼 수가 있다. 어느 정자도 예외는 아니다.

둘째, 어느 정자도 산꼭대기에 있지 않고 중턱에 있다. 정자의 위치가 산꼭대기냐 중턱이냐가 무어 대수냐고 묻는 사람이 있을지도 모르지만, 그것은 중요하다. 정자가 산 중턱에 있는 이유는 자연과의 공생을 뜻하고 산꼭대기에 있다는 것은 자연을 지배하겠다는 욕구의 표현이다. 탐진의 모든 정자들은 산 중턱에 있는데, 이것은 그 작은 자리를 차지하면서도 자연(산)에 미안해하는 마음이 담겨 있는 것이다. 언젠가 한때 나는 환경문제를 고민하면서 인간만 사라지면 된다는 극단의 생각을 가진 적이 있다. 사실 지상에서 인간만 없다면 자연보호니 뭐니 들먹일 이유가 없다. 그 많은 생물 중에서 쓰레기를 만드는 생물은 오직 인간뿐이다. 그러니 인간이 없다면 환경문제를 거론할 필요도 없겠지만, 인간이 살아야 하기 때문에 수많은 문제가 발생하는 것이다.

지난 세기의 많은 사람들은 인간이 자연을 지배하게 된 것에

쾌재를 불렀다. 하지만 지금에 와서는 많은 것이 달라졌다. 인간이 자연으로부터 많은 것을 착취하고, 인간의 편리를 위해 새로운 물건들을 만들 때마다 인간은 더 오염된 세계에서 살 수밖에 없다는 결론이었다. 그래서 대두된 것이 환경문제이다. 그리고 환경을 위한다는 사람이 매우 많아진 것도 요즈음의 일이다. 하지만 환경 문제를 생각했을 때, 가장 근본으로 삼아야 할 것은 자연을 지배하겠다는 오만이다.

자연을 지배하겠다는 오만을 버리고 자연을 대하면, 가장 먼저 미안한 마음이 들 것이다. 우리가 길을 걷고 음식을 먹고 하는 모든 행위가 사실은 자연에게 빚진 행위이기 때문이다. 그런 마음이 가장 잘 담긴 곳이 탐진강변의 정자들이다.

'지가 여그 잠시 머물다 갈랍니다. 산님. 강님.' 하는 듯이 중턱에 조심스레 자리한 것이다.

이러한 정신은 영귀정 상량문에 이렇게 적혀 있다.

"옛 사람 思亭 지은 마음을 따랐으니 꽃 하나 돌 하나라도 훼손하면 내 아름다운 자손이 아니다."

셋째, 탐진강변의 정자들은 인공으로 정원을 만들지 않았다. 아니 아예 없는 것은 아니다. 용호정에 가면 괴석들이 몇 개 있고, 사인정이나 부춘정, 용호정에도 몇 그루의 나무가 심어져 있다. 하지만 그 정도를 정원이라 부르기에는 궁색하다. 그저 빈터에 누군가가 심어 둔 나무들이 자란 것이지, 작정하고 심은 나무들은 아닌 것이다.

인공 정원이 없는 이유는 의외로 간단하다고 본다. 인공으로 정원을 꾸밀 필요가 없는 곳에 정자들이 자리했기 때문이다. 어느 정자를 가 보아도 마찬가지이다. 자연이 준 원림들이 더 이상의 정원을 필요로 하지 않는다. 거기다가 산 중턱에 정자를 짓는 마음이 깃들었으니 무엇 때문에 바꾸어 꾸미겠는가.

넷째, 탐진강변의 정자에는 담장이 없다. 담장이 없다는 것은 경계가 없다는 것이다. 안과 밖이 하나가 되어 드나든다는 것이다. 드나든다는 것은 함께한다는 것이다. 들에 일하러 나간 농부가 낮잠을 취하러 정자에 가기도 하고, 마을의 대소사를 논하기 위해 정자에 모여 앉기도 한다. 그래서 탐진강변의 정자들은 마을 사람들과 공유하는 공간이었을 뿐만 아니라, 함께 토론하고 고민하는 열린 공간이었다.

그래서 대개의 정자들은 단순히 시문을 읊기 위한 장소는 아니었다. 그곳은 서당이었고 사당이었으며 쉼터였다. 마을에서 학식이 높은 사람이 아이들을 모아 공부를 가르치고, 그 글 읽는 소리를 들으며 논밭을 가는 농부들. 위아래의 구분보다는 '함께' 라는 말이 강조될 수밖에 없다.

다섯째, 탐진강변의 정자는 개인의 소유물이 아니었다. 대부분의 정자는 문중의 소유이거나, 여러 사람의 것이었다. 개인의 집이 아니었기 때문에 아무나 어느 때나 드나들 수가 있었다. 생각해 보라. 어느 누가 불쑥 찾아들지도 모르는 담도 없는 곳에서,

기생첩을 옆에 끼고 술 마시고 노래할 수 있었겠는가.

거기에는 오직 벽오동 가지에 봉황 들 날을 기다리며, 학문에 애쓰고 정진하는 모습만 있었을 것이다. 요즈음 대안학교라는 것이 많이 생기고 있는데, 참고삼아도 좋을 듯하다.

우리는 이미 아름다운 자손이 아니다.

정자 한 채 산 중턱에 지으면서, '꽃 하나 돌 하나라도 훼손하면 내 아름다운 자손이 아니다.' 고 했거늘, 그 상량문이 적혀 있던 영귀정은 이미 뜯긴 채 방치되고 있다.

유치 단산 앞에 있었던 영귀정이 탐진댐(현 장흥댐) 건설로 말미암아 수몰될 처지에 놓인 것이다. 탐진댐 건설은 많은 문화재를 위협하였는데, 그중 영귀정은 치명타를 입었다. 1년여 전에 아예 뜯긴 것이다. 영귀정이 뜯긴 현장에 가 보았더니 처참하기 이를 데 없었다.

이미 뜯긴 영귀정은 온데간데없는데, 바닥에 남은 무수한 기왓장과 서까래들을 보니 어떻게 뜯었다는 것이 짐작하고도 남을 만했다.

수자원 공사 측에서 보상을 끝낸 영귀정은 지금은 행원리 어느 집 앞마당에 있다. 행원리에 재건을 할 참이라는데, 이건 도무지 상식에서 어긋나는 일이다. 원래 있었던 자리가 단산리 앞산인 만큼 재건축을 하려면 그 부근에다 해야 하지 않을까? 하지만 국가나 도의 지정 문화재가 아닌 영귀정의 경우에는 그것을 감시하고 책임질 사람이 하나도 없다.

보상을 받은 개인이나 문중이 어디에 어떻게 짓건 상관할 기관이나 단체가 없다는 말이다. 탐진댐 건설로 인해 제자리에서 밀려났던 영귀정이 어떻게 복원될는지, 생각하면 끔찍하다.

원래의 영귀정에서 가져온 나무들은 이미 썩었을 것이고, 기왓장들도 거의 방치되어 있는 상황에서 무슨 기대를 할 수 있을 것인가? 다른 곳에서는 후손들이 서둘러서 가치 있는 건축물들을 복원하고 증축하는 마당에, 보상까지 받고도 무책임한 영귀정 관계자들은 부끄러워해야 할 것이다.

문제는 영귀정에서 머물지 않는다. 내가 가장 즐겨 찾았던 용호정의 경우에도 댐 건설로 인한 피해는 막심하다. 용호정 맞은편 기역산 쪽으로 새 도로가 뚫리는 바람에, 아름다운 용호정 앞 풍광이 작두로 잘린 듯 망가졌다. 최근에 용호정에 갔던 나는 내 눈을 누군가가 면도날로 자르고 지나간 듯한 느낌을 받았다. 규모도 거대한 도로가 눈높이를 베고 지나가기 때문이다.

영귀정 용호정은 댐건설로 인해 피해를 입었지만, 창랑정 독취정은 이미 버려진 곳이었다. 얼마 전까지만 해도 창랑정 앞에는 정체를 알 수 없는 광인(狂人)이 살고 있어서 일반인들은 출입마저 꺼려하였다. 백림소를 굽어보고 자리한 창랑정 앞은 우거진 잡목들이 눈을 가려서 은어 떼인 듯 반짝이는 백림소의 물낯은 벽 뒤의 풍경이었다. 끊어진 전기 배선과 널브러진 쓰레기들. 삐딱하게 매달린 '第一江山' 이라는 현판이 현실을 대변하고 있었다. 다행히 길씨 문중에서 장흥군에 기증하여, 지금은 어느 정도 관리가 되고 있어서 다행이다.

독취정은 더욱 심하다. 지붕은 거의 무너졌으며, 흙벽이 있던 자리는 바람이 차지한 지 오래이다. 물소리처럼 흘렀을 시문은

간데없고 검고 단단한 염소 똥만 즐비하다. 정자가 '시인 묵객들이 즐겨 찾는 장소' 라거나, '불의에 응하지 않은 선비들이 은거하며 울분을 달래고 새 시대를 기다렸던 장소' 라는 본래의 의미를 내세우기에는 염치없고 자발없다.

이러한 실태는 정자에 한정된 것이 아니라, '문림의향' 이라는 장흥의 모든 문화재가 처한 상황이다. 폐허가 된 문화유산. 하지만 이것은 정부 당국이나 몇몇 관계자만 책임질 문제는 아니다. 그것을 보존하고 가꿀 의무는 여기에 있는 여러분과 나, 우리들에게 있는 것이다.

고산사를 가 보았는가? 약사사나 미륵사에 가 보았는가? 아니, 그 절들을 아는 사람들이 몇이나 될까? 집 주위에 흔히 뒹굴고 있는 고인돌이 세계에서 가장 위대한 문화유산이라는 사실을 인식하고 있는 사람들은 몇이나 될까? 우리는 이미 아름다운 자손이 아니다.

문화의 수도 장흥을 꿈꾼다

얼마 전에 나는 전화 한 통을 받았다. 그분은 어느 대학의 관광학과 교수였는데, 장흥을 한마디로 나타낼 만한 말이 무엇이냐는 것이었다. 가령 담양은 대나무와 시가문화권. 보성은 녹차와 판소리, 화순은 운주사와 온천, 이런 식으로 가닥을 잡을 수가 있는데, 장흥은 도대체 무어라고 해야 하는지 답이 나오지 않는다는 것이었다.

실학의 존재 위백규 선생이 있고 동학농민군과 이방언 장군이 있고, 문학에서도 기봉 백광홍과 현대문학의 거봉들이 있지만,

그 모든 것을 아우를 만한 용어가 마땅하지 않다는 것이었다. 그때 내가 농담 삼아 던진 말이 '문화의 수도'라는 말이었다.

그러자 그분의 대답은 '욕심도 많다는 것'이었다(그 많은 것을 가지고도 '문화의 수도'라는 말까지 독점하려 하느냐는 말도 덧붙였다).

정말이지 장흥을 아우를 만한 용어는 마땅하지 않다. '문림의향'이라는 아름다운 용어가 있기는 하지만, 어딘지 석연치 않고, 구호로만 여겨질 뿐이다. 그 말에 대한 오해도 많아서 어지간한 일간지들은 장흥을 소개하면서 '문림의 향'으로 표기하는 오류를 범하기도 한다. 장흥 출신의 문인들이 많다 보니 지레짐작으로 썼다가 실수를 하는 것이다. '문림의 향'이라는 오기를 보면서 나는 오히려 장흥의 현실은 '유림의 향'이 마땅할지도 모른다는 생각을 하였다.

그러나 그 '유림의 향'이라는 말마저도 답답하기 그지없다. 여기 계신 분들 중에서 '만수재 이민기(晩守齋 李敏琦)'라는 분에 대해서 아는 사람이 있을지 모르겠다. 대개의 사람들이 잘 모르는 그분은 지금 연곡 서원에 배향되어 있는데, 노봉 민정중의 수제자임과 동시에 지음으로 연곡서원 건립에 앞장섰던 분이다. 하지만 성균관에서 공부하던 당시 당파 싸움에 환멸을 느껴 고향으로 돌아온 그는 동백정에서 후학들을 지도하며, 한편으로는 대동계를 만들고 주도하는 데 힘을 쓴다. 뿐만 아니라 경호정에서는 이 고을의 지식인이었던 김세장, 백계체 등과 어울려 학문을 교류하였다고 한다.

그는 많은 저서를 남기기도 하였는데, 기록에 의하면 『민막

소』, 『진황소』, 『개량소』 등의 문집을 남겼다고 한다. 정자에 관심이 많은 나는 그의 저서를 보는 것이 탐진강변의 정자문화를 이해하는 데 큰 도움이 될 것 같아서, 여기저기 그의 문집이 있는 곳을 수소문하였다. 하지만 찾을 수 없었다. 결국엔 인천 이씨 문중에도 문의를 하였지만, 책임 있는 사람들마저 문집의 존재 여부조차 알지 못했다. 유림마저도 답답하다고 말했던 이유는 이것으로 설명이 되는 셈이다. 그의 문집은 부산면 유량리 석곡 마을에 있는 금계사(金溪祠)에 보관되어 있었다. 하지만 1981년 홍수로 인해 유실되고 말았다.

우리는 지금 많은 것을 잃어버리고 있다. 영귀정, 독취정뿐만 아니라, 선조의 소중한 문집류마저 정처를 모른다. 실로 부끄러운 일이 아닐 수 없다. 어디 여기에 거론된 그런 것들뿐이겠는가. 1913년의 일제에 의한 행정구역 개편으로 인해 서편제는 보성 소리로 인식되고 있는 현실이다. 서편제의 고향이 보성이냐, 장흥이냐를 따지는 것이 아니다. 문화란 어느 동네의 것만은 아니기 때문이다.

하지만 이 점은 지적하고 넘어가야 할 것 같다. 서편제의 고향은 분명히 장흥이었다. 장흥 출신들이 서편제를 이루었고, 그들이 노는 판 또한 장흥이었다. 단지 장흥 땅이었던 웅치 회천 등이 보성에 편입이 되면서 서편제의 고장이 보성이라는 주장이 먹혀든 것이다.

문화란 지자체의 논리대로 되지는 않는다. 행정구역상의 선으로 구분되는 것이 아니기 때문이다. 굳이 소리의 고장이 어디냐를 따지려면, 그 판이 어디냐를 분석하고 권역을 묶어야지, 보성이니 장흥이니 하는 것은 지역이기주의에 불과하다.

이야기가 너무 길어져서 문제점은 이 정도로 지적을 하고 다음으로 넘어가야 할 것 같다. 대안이 없는 비판은 아무런 도움이 되지 못한다. 그렇다고 청사진만 한없이 그려댄들 실현이 되는 것도 아니다.

얼마 전에 탐진댐 내의 인공섬 문제가 불거진 적이 있다. 인공섬에 대한 입장을 피력한다면 나는 반대이다. 나의 이 입장을 두고 무조건 반대하는 것은 지역 발전에 도움이 되지 않는다고 말하려는 사람이 있을지도 모르겠다.

하지만 나의 반대는 조건이 없는 것이 아니다. 아직까지 예를 들었듯이 장흥을 이끄는 사람들의 문화 마인드는 거의 없는 것 같다. 있는 문화재마저 훼손을 하고, 있는 관광 자원마저 버려두는 마당에 새로운 어떤 것을 세운들 그 결과는 치적일 뿐이다. 이름 넣고 비석 세우기 위한 것이라면, 그 어떤 새로운 것도 장흥의 미래를 위해 바람직하지 않다.

거기다가 물 부족이니, 수질오염이니 말이 많은 마당에 댐 안에 인공섬을 만들어 관광지로 만든다는 발상은 이치에 맞지가 않다. 나는 댐 위주의 물 관리 정책에 반대하는 입장이기는 하지만, 기왕에 만들어진 댐을 오염시키는 것은 더욱 반대한다. 광주호 동복호도 몸살을 앓고 있다. 그 댐들이 모조리 오염되면, 또 물 부족을 이유로 새로운 댐을 만들 것인가?

거기다가 인공 섬 관광단지는 발상부터가 잘못되었다. 수몰지역에서 나오는 그 많은 고인돌과 문화재마저 버려두면서 무슨

인공섬이며 관광단지라는 말인가.

시급한 것은, 새로운 무엇을 만들기에 앞서 지금 밖으로 새나가고 있는 문화재 유출부터 막아야 하는 것이다. 그리고 활용 가능한 자원을 최대한 이용하여, 지금 있는 것만이라도 제대로 가꾸자.

요즈음 공공근로 사업이라는 것이 있다. 그 사람들을 길가의 잡초 제거에 쓰는 것도 좋겠지만, 나는 기왕에 공공근로 사업을 한다면, 장흥에 산재되어 있는 문화재들에 걸레질 한 번이라도 더 하게 하겠다. 많은 사람들이 알고 있다시피 덕실보 너머의 독취정은 접근조차 용이하지 않다. 보 위에 작은 다리라도 하나 놓는다면, 무너지는 정자나마 가까이서 볼 수 있을 것이다.

문화 정책이란 좌충우돌하면서 해 나갈 성질의 것이 아니다. 큰 틀을 가지고 지금 당장 할 수 있는 것부터 해 나가야 한다. 가령 탐진강변의 정자 문화권을 하나의 틀로 잡고, 그것에 대한 책자를 내서 홍보하는 방법도 좋을 것이다. 물론 비슷한 책자는 많이 있다. 그러나 그런 주먹구구식의 책자는 일반인들에게 읽히지도 않을 뿐더러 소중한 국고만 낭비하게 마련이다. 단돈 백 원을 쓰더라도 효과 있게 쓰는 지혜가 필요하다.

그것뿐만이 아니다. 장흥 출신의 문인들이 많다고 떠들지만 말고, 당장 장흥 도서관에 향토 작가의 코너라도 만들어라. 최근에 장흥 출신 문인들의 수가 급증하고 있다.

그들의 등단작이 있는 잡지나 발표 잡지를 모으고 자랑하는 것도 큰 돈 들이지 않고 할 수 있는 문화 사업이다.

아까는 농담처럼 이야기하였지만, 나는 정말 문화의 수도를 꿈꾼다. 문화라는 것은 『탐진강 추억 한 사발 삼천 원』 이런 식으로 정신을 파는 것이다. 문화상품은 바로 이익이 나오지는 않지만, 같은 상품을 계속 팔아도 되는 이점이 있다. 말하자면, 문화상품은 아무리 팔아도 본디의 것은 남아있는 화수분 같은 것이다.

하지만 이것은 개인이 해낼 수 있는 일이 아니다. 우리 모두의 조그만 관심과 노력이 없이는 가망 택도 없는 일이다. 언제까지 남의 탓만 하는 것처럼 미련한 것도 없다. 여기 계신 분들도 해야 할 일이 있다. 자기가 당장 실천할 수 있는 일을 선택하는 것이다.

나의 경우에는 문화재에 대한 관심도 많지만, 아무래도 토속어에 대한 관심이 더 많다. 사라지는 우리의 토속어를 모아서 '장흥의 토속어 사전' 을 만들면 어떨까? 그것도 그다지 어렵지 않다. 어른들이 쓰는 말에 귀를 기울이고 적어 두면 된다. 우리 각자가 메모해 둔 그것을 모았을 때 그것이 바로 '토속어 사전' 이 되는 것이다. 무슨 대규모의 행사를 하여 사람들을 끌어 들이는 것보다, 다른 곳에는 없는 토속어 사전 하나 만드는 것. 정자 문화권에 대한 이야기를 묶어 책 하나 내는 것. 그것이 장흥다운 것이다.

물의 경전

-탐진시편2

보아라
더 자세히 들여다보아라
꽃이었다가 잎이었다가
녹슨 칼처럼 굳은 혀이었다가
흙이 되는 말씀을

언제 어느 때고 세월은 도둑처럼 다녀가고
물의 말씀을 화석으로 남기려다가
끝내는 물이 되어 흘러가는 무모한 사람들

마저도

물의 경전에서는 살아 있나니

보아라

서러운 것
바라는 것
생의 환희 같은 것이
다만 여백으로 기록되는 물의 경전을 보아라

바수어지면 좌르르 방울 소리 같고
튀어 오르면 동글 별 싸라기 같고
싹의 숨결 같은 말씀들이 또랑또랑 모여서
지금 흘러가고 있지 않느냐

외로운 자들이 흘려보낸 귀가
물낯에 노을 비늘로 듣는다
떠났던 소년들의 종아리가
여기 돌아 나온다

가장 미워했던 얼굴이
연둣물 들어 햇잎으로 오고
가장 사랑했던 사람이
눈동자를 잃고 흐리로 괸다

사랑하였느냐?
행복하였느냐?
물으며 묻지 않으며
다시 태어나는 한 방울의 죽음

모래알 같은 환희를 씻는

물의 경전을 읽어라

끌텡이 있는 사람들

매화가 지고, 자두꽃이 지고, 복숭아꽃이 뚜욱뚝 떨어져 버리더니, 보름가량 골목 허공을 빗질하였던 라일락꽃이 지고 있다. 연보라 그 향기에 가는 봄이 서운하지 않았는데, 가슴을 따스하게 하였던 꽃 시절이 지나가면 무슨 기쁨으로 세월을 견딜 수 있을까?

절정의 유채꽃이 가슴 한편을 노오랗게 물들인다. 꽃들이 이룬 미리내를 따라 금릉(강진의 옛 이름)으로 간다. 영랑문학제 행사를 앞두고 생가에는 많은 사람들이 몰려 있다. 영랑의 셋째 아드님이라는 김현철 옹이 생가 이곳저곳을 돌아다니며, 추억을 건져내고 있다. 생가 여기저기에는 영랑의 봄이, 그의 기다림의 끝인 모란이 찬란하게 피어 있다. 조신한 여인의 치맛자락 같은 모란꽃이, '돌담에 속삭이는 햇발같이/풀 아래 미소 짓는 샘물같이' 피어 있다. 영랑의 그 맑고 깨끗한 마음이 내 마음 속으로 흘러와 '돋아 오르는 은빛 날빛이 빤질한 은결이' 흐르고 있다.

영랑 생가에서 나와 고성사로 향한다. 금릉(金陵)이다. 황금 언덕이다. 옛 사람들은 금릉 팔경을 말하였는데, 그중 으뜸이 고암모종(高菴暮鐘). 즉 아침저녁으로 울려 퍼지는 고성사의 종소리였다.

금릉의 아름다움 중 으뜸으로 쳤던 고성사 종소리는 십여 년 전까지만 하여도 들을 수 없었다. 조그만 산신각 하나만 남아 있었던 고성사가 폐사 위기에 처해 있었기 때문이다. 고성사에서는 강진 읍내가 한눈에 내려다보인다. 세월이 흘러도 큰 변화가 없는 소읍 강진. 최근에는 백련사와 다산초당, 무위사와 청자 도요지를 찾는 관광객이 끊이지 않는다.

고성사에는 절과는 어울리지 않을 것 같은 건물 하나가 있다. 다산 정약용의 유적인 보은산방(報恩山房)이 그것이다. 다산이 강진에 유배되어 처음 살았던 곳은 동문 밖 주막(강진읍 동성리 동문마을로 추정)의 뒷방이었다. 추운 겨울 낯선 남녘땅으로 유배 온 푸른 정신의 소유자 다산. 동문 밖 주막에서 지었을 그의 시 한 편을 보자.

> 북풍에 흰눈처럼 불어 날리어/남으로 강진 땅 주막집에 이르렀네//작은 산이 바다를 가려줘서 다행이고/빽빽한 대나무가 꽃처럼 아름답네//장기(瘴氣) 있는 땅이라 겨울 옷 벗어내고/근심이 많으니 밤술 더욱더 마시네//설 전에 동백꽃 붉게

피어서/나그네 수심을 그나마 풀어주네

–「강진읍 주막」 전문. 宋載邵 譯註. 창작과비평사

억울한 귀양살이였으니, 시름이야 오죽 하였으랴. 하지만 '작은 산이 바다를 가려줘서 다행이' 라는 구절은 어쩐지 반어로 읽힌다. 다산이 그토록 그리워하고 존경하였다는 그의 형 약전이 바다 건너 흑산도에 귀양살이를 하고 있었으니, 너무나 보고 싶어 차라리 눈 감고 싶은 심정이 아니었을까. 주막에서 초라하게 머물던 다산은, 백련사 혜장스님의 주선으로 보은산방에 머무르게 된다. 지금의 '보은산방' 은 옛 자리에 있는 것이 아니다. 원래 보은산방은 절에서 요사채로 쓰고 있는 건물 터에 있었다고 한다.

멀리 탐진강의 하구인 구강포가 보인다. 굽은 데 많은 강은 제 손길 필요하다 부르는 이 있으면 다 어루만지고 오느라고 늙고 지쳐 있다. 강물의 흘러내림에서 인생을 읽는 것은 어려운 일이 아니다. 상류의 강은 어린이를 닮았고, 하류의 강은 늙은이를 닮아있다. 상류를 흘러내리는 물이 어린아이 걸음처럼 경쾌하고 뛰는 듯하다면, 하류의 강은 느리며 속 깊은 소리를 깊숙이 담고 흐른다. 상류의 강이 세상 갓 만난 기쁨을 감추지 못하고 눈동자를 이리저리 굴리며 여기저기 호기심으로 온갖 것을 바라본다면, 하류의 강은 온갖 시름 다 겪어 보았다는 듯이 어지간한 기쁨이나 슬픔에는 눈 하나 깜짝하지 않는다. 그래서 강이 바다에 닿을 무렵이면 상류의 맑고 경쾌한 색과 소리를 지우고, 어머니의 얼굴처럼 검은색에 가까워지고, 주름주름 고요로 흐른다.

강변 사람들은 강의 마음을 닮는다. 해리고 시원찮은 듯 보여도 황토처럼 순하고 질긴 생명력을 지닌 사람들. 늘 주기만 하는 강의 그 덕성처럼 자기 것 아끼지 않고 쉬 내어주는 인정이 강마을만 한 곳 있으랴. 탐진강은 투박하고 따뜻한 그들의 손등을 씻어주며 백오십 리를 달려 내려와 마침내 바다에 닿아 구강포를 이룬다. 아홉 개의 강이 모여 이루어졌다는 탐진강 하구 구강포.

이 땅의 아랫도리 그 은밀한 곳을 들여다보면 탐진강이 옥수처럼 흐른다. 그다지 큰 강은 아니지만 호남정맥과 나란히 흐르며, 탐진 문화라고 명명해야 할 정도로 풍성한 문화를 이룬 강. 그 강에서 흘러나온 곳을 바라보면 꽃잎처럼 어여쁜 섬들에 둘러싸인 연꽃바다가 있고, 알처럼 둥근 탐라도(제주도)가 있다. 23번 국도를 따라가는 것은 이 땅, 어머니의 자궁길을 더듬어가는 것이다.

탐진의 오른쪽 살에 붙은 어여쁜 꽃잎길로 나가 보자. 23번 국도는 아니지만, 다산의 채취가 듬뿍 배인 초당을 지나칠 수는 없는 일이다. 만덕산 덕룡산 주작산이 비상할 듯 치닫는 곳. 거기 만덕산 자락에 다산의 실학이 꽃을 피운 다산 초당이 있다. 십여 년 전 처음으로 와 보았을 때와 비교하면, 초당은 너무 많이 변했다. 없었던 건물도 여럿 생겼고, 오르는 길도 훨씬 넓어졌다.

초당에는 다산을 흠모했다는 추사의 글씨를 집자해 만든 현판이 걸려 있고, 다산이 차를 끓일 때 썼다는 약천에서는 여전히 물이 솟아나고 있다. 대학자가 유배 생활을 끝낼 무렵 해배를 앞두고 직접 새겨 넣었다는 '丁石' 이라는 두 글자는 단정하여 가슴을 울린다. 초당 앞마당에는 솔방울을 지펴 차를 마셨던 '다조' 가 있는데, 그저 평범해 보이는 편평하고 조그만 바위이다. 다산이 초당으로 이주한 후 바닷가의 괴석을 모아 만들었다는 '연지석가산' 에는 새로 만든 대나무 통을 타고 물이 폭포처럼 흘러내린다. 선생은 이곳에서 10년 동안 기거하며 『흠흠신서』, 『목민심서』, 『경세유표』 등 500여 종의 저술을 남겼다.

초당에서 백련사로 이어지는 산길을 따라 1㎞ 쯤 가다보면 이내 백련사가 나온다. 백련사는 동백숲길을 통해서만 절에 이를 수 있었는데, 몇 년 전 아스팔트길 하나가 새로 뚫려 대웅전 코앞까지 차가 드나들 수 있다. 새 길을 버리고 옛길로 접어든다. 역시 백련사는 동백숲길로 머리를 돌려야 한다. 동백은 다 지고 짙은 녹음의 동백 숲에서 간간히 새 소리가 들려온다. 새의 소리를 좇다보니 가지 사이사이로 헝클어진 길 하나가 생긴다. 그 길도 헝클어진 것은 아니리라. 새는 부지런히 봄날 오후를 꿰매고 있다.

백련사는 서기 839년 신라 문성왕 때 무주 무염이 창건했다고 전해진다. 그 후 중창을 거듭하고 사세가 확장되어 고려 후기에는 여덟 국사를 배출하기도 하였다. 강진 만 건너에 있는 정수사가 천태종의 본산이었으니, 그곳과 무관하지 않을 것이다. 뿐만 아니라 고려 고종 19년에는 백련 결사문을 발표하여 참회와

정토를 강조한 백련결사 운동을 일으켜 송광사의 정혜결사 운동과 함께 고려 후기 불교의 양대 산맥을 이루기도 하였다.

다시 강진 읍내를 거쳐 마량 길로 접어든다. 연화리를 지나기 전에 벌써 바다가 보인다. 도톰하게 언덕진 곳이 숨은뚱이다. 갯마을 사람들은 갯벌마다 이름을 붙여 놓았다. 숨은뚱, 소랑등 하는 식이다. 갯일을 많이 하는 사람들인지라 친정이 어디냐고 물으면 '소량등이어라우.' 하는 식으로 대답을 한다. 엄연한 마을 이름은 제쳐두고 갯벌 이름을 댄다.

칠량에 닿기 전에 길 가에 패랭이꽃이 줄을 지어 피어 있다. 패랭이꽃을 보면 누이가 떠오른다. 환하지만 좀 슬픈 패랭이꽃. 패랭이꽃이 미리내를 이뤘다. 꽃별들의 또랑이다.

칠량 봉황 마을은 봉황 옹기로 유명하다. 87년까지는 25가구가 옹기를 구웠다는데 지금 봉황마을에서 옹기를 굽는 사람은 옹기장 정윤석 옹의 가족뿐이다. 천년 전통을 이어온 곳이다. 최근에야 강진이 청자 도요지로 유명해졌다지만, 의미를 되새겨보면 씁쓰레함이 남는다. 23번 국도가 만든 호리병 속은 우리나라의 모든 종류의 도자기가 구워졌던 곳이다. 강진 대구면 사당리 일대에는 고려청자 가마터가 있고, 대덕에는 분청사기 가마터가 있으며, 장흥 용산 월송에는 조선백자 가마터가 있다. 우리나라 자기의 흐름을 한눈에 볼 수 있을 만한 많은 도요지가 있음에도 불구하고, 아쉽게도 고려청자 가마터만이 각광을 받고 있다. 이 도요지 전체를 묶어서 우리나라 도예 발전사를 한눈에 볼 수 있는 큰 틀의 문화유산 복원도 고려해 볼만하다. 그중 마지막까지 전통의 맥이 끊이지 않고 이어져온 것은 칠량옹기뿐이었다.

정옹은 보이지 않고 대를 이어 가마에 불을 때고 있는 정영균(38) 씨를 만났다. 옹기를 굽는 온도가 1,250도라는 말을 듣고 나는 깜짝 놀랐다. 1,250도라면 청자를 구워내는 그 온도가 아니던가. 지키는 것은 어렵다. 마을 사람들 대부분이 옹기 굽기를 그만 둔 이유가 옹기로 얻을 수 있는 수입이 갯일하는 것만도 못했기 때문이었다.

"사실 우리 것이 가장 많이 남은 게 옹기지요."

나는 그의 말에 동의했다. 도자기는 흙과 유약, 온도에 따라 그 종류가 나뉜다. 흙은 백토나 황토를 쓰고, 유약으로는 잿물을 쓰는데, 잿물은 말 그대로 식물을 태워낸 재를 삭힌 물을 뜻한다. 잿물에 따라서도 자기의 색이 달라진다. 예를 들면 백토로 빚어 소나무를 태운 잿물을 입히면 상감이 된다. 봉황 옹기의 경우 잿물은 한 삼 년 삭힌다고 한다. 안 삭히면 미끌미끌하게 된다는 것이다.

"여기 녹색 점 하나 보이죠? 이 녹색이 어떻게 나왔는지 모르겠어요. 이러니 연구하려면 한정이 없지요. 궁금해서 알아보고, 실험해 보고, 그렇게 옹기 안에 들어 있는 것, 그걸 알고 싶었고……."

정석대로 흙을 쓰고, 순수한 잿물을 이용하여 새로운 전통을 만들어가는 그의 모습이 믿음직스러웠다.

칠량에서 나와 저두마을로 향해 가는데 멀리까지 펼쳐진 갯벌 위에 100여 명의 사람들이 줄지어 바다로 들어가는 모습이 보였다. '봄 조개 가을 낙지' 라고 요즘은 조개 속살이 탱글탱글 할 때이다. 여름 조개는 속이 반쯤밖에 차 있지 않지만, 봄 조개는 조개 껍질이 미어터질 만큼 살이 차 있다. 산란기를 앞둔 덕분이다.

대섬과 가우도 사이에 있는 이곳은 저두와 반개마을의 양식장이 있는 곳이다. 이곳 사람들은 바다를 '바닥' 이라고 부른다. 태어나서 죽을 때까지 바닥을 안고 살아야 하는 바닥의 여인들. 한번 굽힌 허리가 좀체 펴지지 않는다. 때로 널(뻘일 할 때 쓰는 기다란 널판)을 타고 바닥으로 간다. 태어날 때도 바닥이고, 살면서도 바닥이고 죽을 때까지 널을 타고 다니다가 끝내 안 보이는 바닥에 묻히게 될 이 땅의 어머니들. 바닷가의 어머니들은 한사코 바닥을 향해 엎드려 있으면서 자식은 마른자리에 앉힌다.

상저 하저를 지나면 이내 청자 도요지가 나온다. 청자 도요지에서 곧장 바다 쪽으로 가면 미산마을이다. 미산마을 앞에는 비레도라는 섬이 있는데, 그 섬에는 재미있는 설화가 전해진다. 비레도는 원래 완도 땅이었는데, 강진 군수가 완도 군수에게 빌려달라고 해서 비레도가 되었다는 것이다.

미산마을 비자나무 숲 비깔에서 젖이 불어 있는 흑염소 한 마리를 만났다. 나를 보고 '음메에헤' 하는 소리가 애가 탔다. 비깔에서 풀 뜯던 새끼 염소 세 마리가 부리나케 어미 곁으로 달려온다. 제 눈에 보이는 자리에 새끼들을 두고도 어미 염소 눈망울에는 젖빛 두려움이 고여 있다. 나는 염소의 두려움을 지워줄 생각으로 차를 세워 둔 채 저만큼 걷고 있는 한 할머니에게 다가간다. '야든 일곱.' 자셨다는 할머니의 오른 손목에 커다란 상흔이 남아 있다.

"손이 많이 아프시네요?" 하였더니,

"디쳐부렀어." 한다.

이름을 물었더니,

"푸났네, 조푸났네."라고 대답한다.

얼른 이해되지 않아 다시 물었더니, "햇녑이, 조, 햇, 엽이."라고 대답한다.

"아. 새로 파랗게 난 잎이라고, 햇잎이라 했다고요?" 하였더니, '그렇다.' 고 한다. 여기저기 다니면서 할머니들 이름을 들을 때면 싱그러운 느낌이 들 때가 많다. 그 사람이 언제 어떤 환경에서 태어났는지 짐작이 가게 하는 이름들이다. 마치 아이의 특성이나 그 지방의 생활환경이 그대로 반영되어 있는 인디언의 이름 같다. 담양에서 만났던 김쌍둥이 할머니, 서산에서 만난 장불떡 할머니, 화순에서 만난 이꼬막네 아주머니, 광주에서 만나 박꼬순 아주머니 등 참으로 정이 가는 이름들이다.

조푸났네 할머니(87)와 이야기를 나눈 사이에 새끼 염소 세 마리가 차의 지붕에까지 올라가서 뛰고 구르고 난리를 치고 있다. 그중 한 마리는 열린 창문으로 고개를 들이밀고 있다. 어린 짐승들은 사람 무서운 줄을 모른다. 내가 다가가도 '너 누구냐?' 하는 식으로 말똥거리는 눈을 하고 여전히 지붕 위에서 뛰고 있다.

사당리에는 복원한 고려청자 가마터를 중심으로 고려청자를 재현하고 있는 도요가 산재해 있다. 청자박물관에서는 청자를 제조하는 과정을 자세히 살펴볼 수 있으며, 국보급 청자가 몇 개 보관되고 있다. 이곳은 전북 부안 유천리 일대와 함께 관요가 있었던 곳으로 고려청자 생산의 중심지였다.

마량은 회진과 함께 23번 국도와 이어지는 조그마한 항구이다. 썰물 때의 포구는 악다구니가 없다. 여기저기 분주히 움직이는 사람들이 제법 많지만, 흥정 때문에 언성을 높이는 이도 없고, 술 취해서 비척거리는 사람도 없다. 저마다 제 일에만 열중하는 사람들. 군더더기가 없는 듯한 항구의 풍경은 허튼 구석이 없다. 마량항 바로 앞에 보이는 섬은 까막섬이다. 이름의 유래는 밝혀지지 않았다. 후박나무, 줄참나무, 쥐똥나무 등 남대림 120여 종이 우거져 있고, 그 보존 가치가 높아 천연기념물 172호로 지정되었다.

"여그는 마량이고, 저그는 가마금이라 가막이라 했는지. 구전에 의하면 가마솥 같다고해서 가막섬이라고도 하고요. 군에서 얘기하기는 까마귀가 많아 그랬다고 하는데, 그건 안 맞고. 저것이 지도상으로는 대오도 소오도 할 것입니다. 고금도 배 닿는 곳을 가마구미, 가마금이라고 하는데, 그래서 가막섬인지…… ."

토백이(토박이)라는 고정식(64) 씨도 까막섬의 이름이 어디에서 비롯되었는지 확실한 답을 주지 못했다.

고갯마루로 되돌아간다. 남호 마을. 여전에 수군 만호가 있었던 만호성의 성머리가 있는 곳이다. 조선 초기에는 고마도라는 섬에서 주둔했던 수군이 연산군 때 내륙으로 들어오면서 '마도진'을 쌓았다고 한다. 성은 남호에서 천관산 원포에 이르렀는데, 그래서 지명에는 그런 흔적이 남아있다. 마류성(馬流城)은 말이 놀았던 곳이고, 숙마(宿馬)는 말이 잠을 잤던 곳이다. 거의가 무너져버린 마도진의 흔적을 지명에서나마 찾아볼 수 있다.

마량에서 옹암에 이르는 바다는 매생이의 주산지이다. 청정바다가 아니고는 자라지 않는다는 매생이. 매생이는 지역에 따라 메생이, 메산이 등으로 불린다. 매생이국을 끓이는 방법은 독특하다. 보통의 국을 끓일 때는 어떤 재료를 넣든지 간에 팔팔 끓이는 것이 원칙이다. 그러나 매생이국을 팔팔 끓이면, 매생이는 다 녹아버리고 만다. 그래서 매생이국을 끓일 때에는 끓는 듯 마는 듯 하는 정도에서 불을 꺼야 한다. 매생이국을 뜨겁게 먹을 수 있는 것은 막 끓였을 때뿐이다. 한 번 끓인 매생이국은 다시 데워서 먹을 수 없다. 다시 끓일 경우엔 또 매생이가 다 녹아버리기 때문이다. 매생이국은 식으면서 시나브로 되직해진다. 그래서 뜨거운 상태의 국과 차가운 상태의 국 맛은 사뭇 다르다. 막 끓인 매생이국이 사랑하는 이의 입김 같다면, 차가운 상태의 매생이국은 사랑하는 이의 혀와 같다.

이 지역 바다에서는 많은 종류의 해조류가 나온다. 김, 미역,

다시마, 파래는 물론이고, 매생이, 감태, 자반은 물론이고, 톳과 몰이 나온다.

남호 연동 속마를 지나자 야트막한 고갯마루가 나온다. 산비탈에는 물오리나무가 많다. 바다는 푸른 숨결로 오른쪽 옆구리를 친다. 마량~고금도 간 연육교 공사가 한창이다. 하분마을을 지나면 강진과 장흥의 경계인 상흥천이 나온다. 하분교를 바로 지나 좌회전을 하면 분토마을이 있다. 분토는 구석몰이라고도 하는데, 김영남 시인의 고향집이 분토의 호동마을에 있다.

23번 국도는 한국 현대문학의 주요한 산실이다. 퍼내고 퍼내도 다하지 않는 이상한 문학의 화수분이다. 남도 뻘흙의 생명력이 그대로 산 때문일까. 길 따라 구슬을 꿰어보면, 참으로 많은 보석들이 이 줄에 걸린다. 시인으로는 김영랑과 김영남, 위선환이 있고, 소설가로는 이미 한국문학의 거장인 이청준, 한승원, 송기숙과 이승우가 있다.

어느새 신리마을이다. 신리와 옹암마을은 개매기 축제로 유명짜한 곳이다. 넓고 긴 포구 전체가 뻘밭이다. 자지포다. 병꽃나무 겉 노랗고 속 붉은 꽃이 이울고 있다. 해 지난 강아지풀이 너른 뻘밭을 간지럼 먹인다. 멀리 풀꽃처럼 별처럼 박힌 아낙 두셋이 허리 펼 생각도 없이 무언가를 캐고 있다.

멀리 천관산이 보인다. 이내 대덕이다. 대덕은 문학인들이 워

낙 많이 태어난 곳이다. 거기다 천관산 중턱에는 우리나라 최대 규모의 문학공원이 있다. 탑산사 가는 길이다. 그 길로 오르다 보면 장흥이라는 지명을 낳게 한 공예태후의 탄생지도 있다.

대덕에서는 조금 옆길로 새 보아야 한다. 5번 군도를 따라 회진항으로 가보자. 흔히 포구를 여자에 비유하곤 하는데, 회진의 첫 모습은 허벅지를 훤히 내보이는 여자를 연상하게 한다. 훌렁 치마를 걷어 올리고 있는 여자. 그러나 이 여자가 속살을 내보이는 것은 남정네를 유혹하기 위해서가 아니라, 일을 하기 위해서다.

부두에 서서 바다를 본다. 뻘 너머로 보이는 오른쪽 길이 이청준 선생의 『선학동 나그네』의 배경이 되었던 곳이다. 그 옆으로 물이 빠지면 육지가 되는 섬 하나가 있는데, 그 섬 너머로 작은 솔섬 하나가 보일 것이다. 그곳이 한승원 선생과 이청준 선생의 많은 소설에 나오는 금섬(까막섬, 깡섬)이다.

부두에서 왼쪽을 바라보면 길게 이어진 제방이 보인다. 회진과 덕도를 잇는 제방 겸 도로이다. 덕도는 한승원 선생이 태어났던 섬인데, 지금은 육지와 이어졌다. 선학동 나그네가 걸었던 길로 조금만 가면, 오른쪽에 진목마을을 가리키는 이정표가 있다. 야트막한 등성이를 넘어가는 오르막길을 따라 잠시만 가면 문득 보리밭 아래로 포근해 보이는 마을 하나가 나타난다. 이청준 선생이 태어났던 '진목리' 이다.

다시 23번 국도로 돌아가자. 대덕에서 관산으로 향하다보면 방촌 유물 전시관이 있다. 유물 전시관에는 방촌 마을 향반들의 풍속으로 고스란히 알아볼 수 있다. 특히 실학의 대가 존재 선생의 환영지 목판은 값어치를 따질 수 없다. 유물전시관 옆길을 따라 천관산 쪽으로 가면 장천재가 나온다. 장천재는 장흥 위씨들의 제각인데, 실학의 대가인 존재(存齋) 위백규(魏伯珪) 선생이 학문을 연마하던 곳이라는 설도 있다. 존재 선생은 장천재 아래쪽에 있는 방촌마을에서 태어나, 줄곧 이곳에 머물며 독특한 현실비판의식을 담은 저술활동으로 『존재집』 22권을 써냈다.

남근처럼 힘차게 솟은 태고송은 이 지역 사람들의 자존심을 닮았다. 장천재 뒤쪽엔 동백숲이 있다. 겨울을 깨고 나왔던 동백은 지는 순간까지도 꽃 입술이 마르거나 초췌하지 않다. 사랑도 이런 사랑이어야 한다. 남녀 간에 손잡고 연애하는 것도, 얼어붙는 그 무엇을 깨뜨리는 것이어야 한다. 그래서 연애는 혁명인 것이다.

마을 하나가 고택으로 가득한 방촌마을. 유물전시관 맞은편에는 청동기 시대의 무덤인 고인돌군이 있다. 남도의 곳곳에 산재해 있는 고인돌군은 이곳이 청동기 시대 벼농사의 중심지였다는 것을 증명하는 듯하다. 고인돌군을 감싸고 농로를 따라 들어가면 방촌마을이다. 고택들이 즐비한 곳이다. 위성탁 가옥, 위성룡 가옥, 위계환 가옥 등이 유명하다. 그중 위계환 가옥은 존재 위백규 선생의 생가이다. 마을 사람들은 흔히 그 집을 '존재 하네댁' 이라 한다. '하네'는 할아버지를 가리키는 이 지방의 방언이다.

관산에서는 정남진(신동)을 가리키는 푯말을 놓쳐서는 안 된다. 서울을 중심으로 정동에 정동진이 있듯이 서울을 중심으로 정남에 위치한 곳이다. 최근 장흥에서 관광지로 가꾸기 위해 심혈을 기울이고 있다. 소설가 이승우의 고향이기도 하다. 조그맣게 알몸으로 떠 있는 섬이 이승우의 소설에서 '샘섬'으로 나오는 '가슴앓이섬'이다.

관산에서 용산 가는 길은 둘러볼 곳이 많다. 조선백자 도요지인 월송마을, 쇠똥구리 마을로 불리기도 하는 운주리, 묵촌 동백나무 숲이 시선을 끈다. 그러나 남도 선비 정신의 뿌리라 해야 할 송기숙 선생의 생가를 지나칠 수는 없다. 남상천을 지나 용산면 소재지에서 77번 지방도로로 5분쯤 가다보면 '월산재'라는 사당이 나온다. 그곳에서 포곡 쪽으로 좌회전을 하면, 저수지 지나 포곡마을이 나온다. 『녹두장군』의 저자 송기숙 선생의 고향 마을이다.

다시 용산으로 나와 23번 국도를 더터가면 꺾이고 휘어진 데 많은 고개 하나가 나온다. 너무 고갯길이 길어 길을 가다가 자울자울 잠이 든다는 자울재다. 송기숙, 한승원, 이청준 선생들이 어려서 책보를 메고 넘나들기도 했던 고개이다.

고개를 넘어가면 장흥읍 시가지가 한눈에 들어온다. 읍내로 들어가기 전에 2번 국도와 만나는 지점에서 강진 쪽을 바라보면 범상치 않은 바위산 하나가 보인다. 바위산의 이름은 사인암인데, 그곳에 사인정이 있다. 탐진강변 정자 중 가장 하류에 있는 것이다. 조선 단종 때 이조참판을 지낸 설암(雪岩) 김필이 계유정난 뒤 벼슬을 버리고 장흥에 내려와 은거하다가 후학을 교육하기 위하여 세웠다.

향양교차로를 지나 2번국도를 타고 강진 쪽으로 가 보자. 장흥대교를 바로 지나면 왼쪽에 넓은 들이 펼쳐져 있다. 이곳이 동학 농민군의 마지막 격전지인 석대들이다. 전봉준 장군이 붙잡힌 후 대다수의 농민군은 남으로 밀려 내려와 다시 항전의 의지를 불태우는데, 이곳 석대들 전투에서 승리한 다음 전남 관군의 주요 주둔지인 병영성 함락에 성공한다. 농민군의 기세가 다시 살아난 것이다. 하지만 왜군의 소총(스나이더 소총. 사거리가 1800미터였음)부대를 꺾지 못하고, 혁명의 꿈은 좌절된다. 석대들에서의 싸움이 얼마나 지독하였으면, 1919년 3·1운동 때 장흥에서는 만세 운동이 일어나지 않았다. 동학과 관련하여 빼놓을 수 없는 이름 하나가 있다. 바로 장태장군 이방언이다. 동학농민전쟁의 5대 장군에 드는 이방언 장군은 왜군의 소총부대에 맞서기 위해 닭을 모아 기르는 장태를 무기로 사용하였다. 대나무로 촘촘히 엮은 장태를 몸에 둘둘 말아 산 위에서 굴러 내려가면 총알이 장태를 뚫지 못했다고 한다. 오죽 장태가 유명하였으면 장군의 이름 앞에 장태장군이라는 별호가 붙었을까.

탐진강과 23번 국도를 여행하면서 나는 이 지역 사람들의 기질이나 특성을 아우를 수 있는 단어가 무엇일까, 하는 문제를 생각하였다. 갑오년에도 그렇고 여순사건 때도 그렇고, 이 지역은 이상스럽게도 마지막 항전지로서의 의미를 지닌다. 주력 농민군이 패퇴한 후 다시 전열을 가다듬고 싸울 수 있는 힘은 무엇이었을까. 왜 하필 탐진강 상류인 유치가 여순사건 때 마지막 해방구로 남을 수 있었을까.

나는 어렵게 '끌텅' 이라는 단어를 생각했다. 끌텅은 그루터기를 가리키는 이 지역 방언인데, 사람에게도 쓰는 말이다. 항심이나 변치 않는 고집을 나타낸다. 그렇다. 이 지역 사람들의 특징은 '끌텅' 이 있다는 것이다.

베어진 후 쉬이 썩고 말라버리는 나무가 있는 반면, 베어지고도 몇 년 동안은 흔들리지 않는 나무뿌리가 있다. 끄렁과 끌텅의 차이이다. 대개 활엽수는 쉽게 썩어 끄렁이 되어 땔감으로 쓰이고, 소나무는 잘린 후에도 끌텅이 되어 복령을 키우고 호박(琥珀)을 낳는다. 옛 문헌을 보면 소나무의 진기가 땅속에서 천년을 묵으면 복령이 되고, 복령이 또 천년을 묵으면 호박이 된다고 한다.

그 정도 끌텅이 있어야 빛나는 보석을 낳는다는 의미이니, 역사의 주요 고비에서 왜 이 지역이 최후의 항전지가 되었을까 하는 의문이 조금 풀린다. 또한 그런 '끌텅 정신' 이 가장 필요한 분야가 예술 쪽이니, 이 지역 사람 중 예술가가 유독 많은 것도 이해가 된다.

탐진강은 장흥읍을 동서로 나눈다. 강의 서쪽은 구도심이고, 동쪽은 신도심이다. 구도심에서는 인근에서 가장 큰 5일장이 열린다. 호남정맥이 지나가는 유치 장동 등 산골에서 나는 각종 산나물과 회진이나 득량만에서 나는 각종 해산물로 풍성하고 왁자

한 장터이다. 최근에는 군에서 주말 장터를 열어 풍성한 먹을 거리와 옛 장터의 흥성스러움을 바쁜 도회 사람들이 느낄 수 있는 기회를 제공하고 있다. 아직도 쇠를 달구어 망치질을 해 농기구를 만드는 대장간이 유지되고 있는 것도 '끌텅' 있는 사람들이라 가능했을 것이다.

사인정에서부터 강을 거슬러 오르면 기암이 있는 곳마다 정자가 세워져 있다. 독취정 창랑정을 지나 중류에 오르면, 부춘정과 경호정이 있다. 그리고 보다 상류에는 용호정과 동백정이 있다. 부춘 마을에 있는 부춘정으로 향한다. 정자 앞 강 안에는 조선의 명필 옥봉 백광훈(1537~1582)이 썼다는 용호(龍虎)라는 글씨가 물과 함께 흘러가고 있다. 글씨뿐만 아니라 한시에도 능했던 옥봉은, 우리나라 최초의 기행가사를 지은 기봉 백광홍의 아우이다. 옥봉은 문희개의 인품에 감동하여 '비 개인 맑은 강에 강물은 잔잔한데 강가 짙은 꽃 속에서 푸른 물로 목욕하네' 라는 내용의 시를 짓기도 했다.

방으로 들어서니 문턱 하나로 분리된 방. 방은 둘이면서 하나이다. 바닥 빛깔이 좋다. 흔한 장판은 아니라, 죽석(竹席)이다. 이곳에서 멀지 않는 곳에 있는 호계(虎溪)마을은 예부터 죽석으로 유명하였다. 호계죽석은 그 짜임새가 빈틈이 없어서 죽석 위에 물을 부어도 새지 않았다고 한다. 물을 부어도 새지 않는 그런 죽석 같은, 신실한 사람을 만나고 싶은 날이다.

길을 나와 유치 쪽으로 가다보면 왼편에 장흥댐이 보인다. 수

물의 아픔이 아직 가시지 않은 듯 물 색이 시퍼렇다. 지금은 사라진 금사리, 오복리, 신풍리, 사미동, 함박골. 이런 이름들이 물의 주름처럼 아른거린다.

예까지 와서 보림사를 놓칠 수는 없는 일이다. 가지산(迦智山) 보림사(寶林寺)를 찾아가는 길은, 물길을 거슬러 가는 길이다. 물은 햇볕을 돌돌 굴리며 흐르는 듯 맑고, 숲은 또 보석을 꿰어 놓은 듯 눈부신 봄이다. 지금은 대한불교 조계종 송광사의 한 말사로 등록이 되어 있지만, 내력을 더듬으면 보림사는 우리나라에서 최초로 선문(禪門)이 열린 절이다.

국보인 3층 석탑을 비롯하여, 대사찰의 규모를 짐작하게 해주는 동부도와 서부도에 있는 부도들은 부도답사를 하는 이들이 으뜸으로 치는 것들이다. 1539년(중종34년)에 처음 조성되었던 사천왕상(보물1254호)은, 우리나라 목각 사천왕상 가운데 가장 오래된 것인데, 1995년 2월에 사천왕상의 몸 안에서 『월인석보』 권 제25(보물 제745-9호)를 비롯하여 국보급 희귀본을 포함한 서책 250여 권이 발견되기도 하였다.

보림사에 들었다고 해서 보림사를 제대로 느꼈다고는 할 수 없다. 보림사를 제대로 느끼기 위해서는 어스름이 깔릴 무렵 삼라만상의 신심을 깨우는 범종소리를 들어야 한다. 영혼의 타박상을 치료하는 신비의 연고 같은 보림사의 저녁 종소리. 양수와도 같은 종소리는 나를 어느새 보림(寶林)의 한 그루 나무이게 한다.

창랑(滄浪)

-탐진시편3

오래도록 물낯에 그림자를 놓아둔다

서늘한 물결은 함부로 흔들리고 마음은 습습하고 눈은 어둡다

아침엔 그대 그림자가 나를 안았고 이내 멀어졌다

나는 산 아래에 있고 물을 내려다본다

산빛이 짙을수록 강색은 깊어진다

출렁이는 내 그림자는 흘러가지 않고 강에겐 발톱이 없다

내 그림자가 그대에게 닿을 무렵 우리의 날은 저물 것이다

굴 캐는 여인들의 등 뒤로 지는 석양

– 전남 강진 구강포, 미산마을

누구든 행복할 권리가 있다. 잃어버려서도 안 되고, 포기해서도 안 되는 그 권리를 대개의 사람들은 잊고 산다. 최근 들어 어떤 이유에서건 마음을 다친 사람들의 전화를 자주 받는다. 나는 그 사람이 말을 끝낼 때까지 들어준다. 그러다 보면 그 사람은 어느새 아물고 있는 자신의 환부를 보게 된다. 마음을 다쳤을 때 가장 좋은 약은 자신을 객관화시키는 것이다.

나를 내 밖에 두고 바라보는 일, 여행의 묘미는 그것에 있다. 이 땅의 요니와 같은 땅 구강포에 간다. 차는 영산포를 지나 영암을 향해 달린다. 배꽃 필 무렵이면, 눈 시리게 배꽃 날리는 길.

금천이 고향이라던 한 할머니의 모습이 떠오른다. 할머니를 만난 것은 해질 무렵 동네의 놀이터에서였다. 여든이 넘었다는 할머니는 혼자서 그네를 타고 있었다. 내가 다가서자 열일곱 색시처럼 얼굴 붉히던 할머니. 고향을 묻자 나주 금천이라고 하면서, “거그 배꽃 존디.” 그랬다. 할머니의 머릿속에는 배꽃이 비처럼 날리는 유년 시절이 어제처럼 떠올랐을 것이다. 어쩌면 그네의 아버지는 어여쁜 딸을 위해 배나무에 그네를 매어 주었을지도 모른다. 소녀는 꽃비 내리는 배나무 아래서 그네를 타며, 다가올 앞날이 배꽃처럼 환하고 곱기를 꿈꾸었을 것이다. 겨울 깊은데 배꽃처럼 밝게 웃으시던 그 할머니는 여전히 그네를 탈 만큼 건강한지 궁금하다.

월출산 바위들은 연꽃잎 같다. 바위들이 부드러운 연좌를 이룬 곳, 산의 정상에는 마애불이 있다. 그이도 나처럼 보리밭 짙어가는 영암 들판을 바라보고 있을 것이다. 명산에 명찰 없는 곳은 없다. 월출산은 영암의 도갑사와 강진의 무위사를 양어깨로 품고 있다.

영암 월출산을 보고 있자니 이내 강진 월출산이 나타난다. 산은 하나이지만 보는 방향에 따라 얼굴이 달리 보인다. 미인의 얼굴이야 앞면이나 옆면이나 흠 잡을 데 있던가. 월출산은 어디에서 보아도 미의 한 극점이다.

장광에 날아온 감잎을 보며, 〈오매 단풍 들겄네〉 노래를 하였던 영랑의 고향 강진은, 지명마저도 영랑의 시구(詩句)처럼 모서리가 없다. '강진(康津)' 이라는 이름을 한글로 풀어보면, '편안한 나루' '즐거운 나루' 가 된다. '금릉(金陵)' 이라는 옛 지명도 있으니, 이름만으로도 이곳 사람들의 인정을 알 것 같다. 모란이 피어나는 이 황금 언덕에서 영랑은 이 땅의 소리와 가락에 흠뻑 빠져

들곤 하였다.

영암 궁성산(弓城山)에서 발원한 탐진강은 장흥에 이르러 예양강이 되고, 강진에 와서 탐진강이 된다. 시원이야 영암 땅이지만, 탐진강은 크게 장흥과 강진군에 걸쳐 있다. 장흥 사람들과 강진 사람들은 탐진강을 서로 자기네 강이라고 우겨 보기도 하는데, 강진 사람들은 '강진탐진강' 이라는 말을 앞뒤 뒤집어도 '강진탐진강' 이므로 더 그렇다고 농담을 한다.

강변 사람들은 강의 마음을 닮는다. 해리고 신찮한 듯 보여도 황토처럼 순하고 질긴 생명력을 지닌 사람들. 탐진강은 투박하고 따뜻한 그들의 손등을 씻어주며 백오십 리를 달려 내려와 마침내 바다에 닿아 구강포를 이룬다. 때는 그믐, 삭 사리 오후다. 넓게 펼쳐진 뻘밭에서는 칠게와 갯모갯지렁이들이 발걸음 소리에 놀라 제 구멍으로 들어간다.

구강포 양쪽에는 명산들이 소음순처럼 뻗어 내린다. 왼쪽에는 천태산과 천관산이 있고 오른쪽에는 만덕산, 덕룡산, 주작산이 기상을 뽐낸다. 다산초당과 백련사는 만덕산의 가슴 언저리에 있다. 초당이나 백련사를 가려면 해남 가는 길로 가다가 표지판을 보고 좌회전을 하면 된다.

마량 방향으로 간다. 강진읍을 막 벗어나는 순간 오른쪽에 드넓은 갈대밭이 펼쳐진다. 포구의 시작이다. 갈대들의 쇄쇄 거리는 잎 비비는 소리가 포구의 숨소리 같다. 갈대는 하늘의 말씀을 잡아내는 안테나다. 그 말씀을 몸으로 익혀 더럽혀진 물줄기를 맑게 정화한다.

여러 번 와 본 곳이지만 아직도 발 디뎌보지 못한 마을이 많다. 바다가 보이는 보리밭 언덕에서 퇴비를 뿌리고 있는 늙은 내외가 있다. 최홍수(70) 할아버지와 장강수(68) 할머니다. 아들 싯 딸 닛을 두었는데, 6,000여 평의 논농사를 늙은이들만 하려니까 힘이 부친다고 한다. 사진 한 번 찍자고 했더니 최옹은 얼굴 가득 웃음을 담고 자세를 잡는다. 햇살보다 환한 미소가 금세 넘쳐서 엎질러질 것 같다. 물고 있던 담배를 바닥에 던진 후 삽을 짚고 오른쪽 다리를 비스듬히 꺾는다.

"할아버지 담배를 꺼버리면 어떻게 해요. 그냥 자연스럽게 서 보세요." "오메 그라먼 담배를 다시 물어사 쓰까?" 하면서 바닥에 떨어진 흙 묻은 담배를 줍는다. "그냥 다시 피우세요." "새놈 끄스를라먼 한참 걸릴 껏인디?" "태우실 동안 할머니 찍고 있을게요. 차분히 태우세요." 최옹의 얼굴에서는 여전히 웃음기가 가시지 않는다. 낙천이 몸에 밴 듯하다. 보리밭과 바다와 뻘과 노인들의 얼굴이 한 덩이로 어울린다.

"거그(숨은뜽) 가먼 고니하고 강생이하고 오리하고 쌔부렀어." 인사를 하고 나서자 기어이 한마디 덧붙인다. "강생이가 뭔데요?" "강생이라고 있어, 오리보다 큰 거이 강생이. 이 그것을 기러기락 하듬마." "고니도 있어요?" "요새는 안 와. 그것이 묵을 것이 없응께 안 와. 거 날짐승이 묘하드마. 퍼묵을 거 있는지 없는지 다 알아부러.” 찾아간 숨은뜽에는 고니가 없었다. 멀리 희미하게 몇 마리의 조류가 보이지만, 오리인지 강생이인지 구분할 수는 없다.

큰길로 나와 다시 마량 쪽으로 간다. 상저, 중저, 하저 마을이 연이어 나타난다. 이 부근에서 가장 풍족한 바다는 저두와 미산 앞이라고 한다. 저두는 상저, 중저, 하저를 모둔 이름인데, 저두 앞바다는 돼지의 머리 근처라서 넉넉하고, 미산 앞바다는 누에의 항문 근처라서 그렇다는 것이다.

마량을 향해 가다보면 오른쪽 산자락에 커다란 청자를 새겨놓은 산이 보인다. 그 산이 누에 모양의 산이다. 잠룡(潛龍)이 아니라 잠룡(蠶龍)이라 할 만하다. 바다가 내려다보이는 밭 언덕 한 가운데, 무덤 두 기가 다정하게 있다. 내외의 무덤일 것이 분명한 무덤 너머로 손 뻗으면 닿을 곳 같은 거리에 비레도(혹은 비라도)가 보인다. 비레도는 원래는 완도 땅이었는데, 오래전에 강진 원님이 완도 원님에게 빌려 달라고 해 빌려온 섬이라 해서 붙여진 이름이다.

물이 빠진 뻘밭 끝 부분에 굴을 캐고 있는 사람들이 보인다. 날이 흐리고 거리가 멀어 사람의 모습은 손가락 하나 크기를 넘지 않는다. 장화를 신고 뻘밭으로 들어선다. 이곳 사람들은 뻘밭을 ‘바닥’ 이라고 부르기도 하고 ‘갯부닥’ 이라고도 한다. 또한 굴 양식장은 ‘바닥’ 이나 ‘갯부닥’ 과 구분하여 ‘장’ 이라고 부른다.

카메라 들고 가방 메고 장에 간다. 경운기가 지나간 길을 따라가니 길은 그다지 험하지 않다.

마을 공동의 장이라는 곳에서는 굴 캐는 사람들이 바글바글하다. 대개 사리 무렵이면 장을 개방하는데, 한 사람 당 개방금 2000원씩을 내고 들어온다. 젊은 축들은 손이 빨라서 큰 대야 가득 굴을 캐기도 하지만, 나이 든 사람들은 한 바가지 정도밖에 캐지 못한다. 지팡이를 짚고 굴을 캐러 나온 팔순 할머니도 있다. 할머니는 굴을 캘 때는 앉아서 따다가 이동을 할 때는 지팡이에 몸을 의지한다.

이곳에서는 껍질째 굴을 캐는 것이 아니라, 껍질을 벗기고 알맹이만 수확을 한다. "우리 묵을 것도 못 하요." 하는 김양심(82) 할머니는 어디서 시집을 왔냐고 하니까, '소랑등'이라고 대답을 한다. "소랑등이라는 마을이 있어요?" 물었더니, "아니, 마을 이름이 아니라, 갯부닥 이름이." 하고 대답을 한다. 몸 건사할 힘이 있으면 갯바닥으로 나가야 하는 바닷가 여인들의 고향은 분명 고역을 해야 하는 갯바닥일 것이다. 친정 마을 이름은 '산동'이라고 한다.

날이 쌀쌀하지만 추운 내색을 할 수는 없다. 바닷물에 젖어가며 일을 하는 사람들 앞에서 내가 느끼는 추위는 사치일 뿐이다. 바다와 마을을 구분하는 제방 아래에서 누군가가 불을 지피고 있다. 불길은 높이 솟구친다. 열 명 가량의 사람들이 불을 쬐고 있다.

뻘밭에서 나와 보니 마중 나온 남정네들이 굴 따는 아낙들을 기다리면서 지핀 불이다. 해가 지고 있다. 하루 종일 하늘 길을 달려 발갛게 단 둥근 바퀴가 바다 가까이 내려오고 있다. 저물고 있는 해와 뻘밭에 엎드린 아낙들의 모습은 눈시울 붉어지는 풍경이다. 허리가 더 굽어지면, 해가 바다 속으로 스미듯 하나씩 땅속으로 들어갈 것이다. 그때서야 비로소 허리를 펴게 될 바닷가 여인들의 삶.

어둑발과 함께 발 맞춰 한 사람씩 뭍으로 걸어나온다. 나이 든 축에 들었던 김양심(82), 김양님(76) 할머니가 먼저 나오고 띄엄띄엄 짝을 지어 둘씩 셋씩 걸어나온다. 아직 일이 끝난 것이 아니다. '둥벙' 이라고 부르는 조그만 웅덩이에 모여 앉아 채취해온 굴을 씻는 일이 남았다.

한 사람이 지게를 지고 나온다. 김양심 할머니의 남편인 장재길(83) 할아버지다. "무단다요?(뭐한데요?)" 지게를 지고 나온 사람 앞에 대번에 핀잔을 놓는다. "놈만이로(남처럼) 바지게 지고 오제, 지게 지고 온다?" "닌장, 마중 나온 것도 뭐라고." "참말로 노망이 들었능갑서, 놈 부끄런께 언능 들어가 부씨요이." 할머니의 말에 할아버지는 왔던 길로 흔들흔들 가버린다.

"아따 각시 이삐다고 마중 나왔구마는 그라고 머락 해부요?"

내 말에 할머니가 부끄러운 듯 웃는다. 생각해보면 누구나 행복해야 할 이유를 가지고 있다.

사인
-탐진시편4

당신의 이름을 지우려고 문지른 자리에 강이 생겼습니다 손끝 하나 스쳤을 뿐인데 숲이 운다고 합니다 가만 가만히 속삭였을 뿐인데 꽃이 진다고 합니다

산에게 미안하다는 듯 앉은 동백정

맨 처음 인간의 길은 물길을 따라 이루어졌으리라. 숲에서 나온 인간이 농경과 목축을 하면서 정착을 하거나 유목 생활을 하였을 때, 가장 먼저 문제되는 것은 물이었을 것이고, 물이 만들어 놓은 퇴적지는 가장 쉽게 길을 낼 수 있는 공간이었을 것이다. 사람의 길은 물길을 베끼고, 짐승의 길을 따르고, 그러다가 그것들을 배반한다.

동백정은 강 건너에 있다. 강이라도 한 뼘 남짓한 부산천이다. 이전에는 수심이 꽤나 깊었던 봇물이 지금처럼 얕아진 것은 1981년에 있었던 태풍 에그니스 덕분이다. 당시 이 근처는 극심한 폭우로 인하여 도로가 끊기고 여러 곳에서 산사태가 났다. 20년이 지났는데도 이전의 모습대로 복원되지 않는 것을 보면, 자연이 가지고 있는 시간의 관념이라는 것은 참으로 길다는 생각이 든다.

장흥의 정자들은 대개 세 가지 요소를 공통적으로 가지고 있다. 깊고 푸른 물과 큰물이 져도 끄떡 없을 것 같은 암벽. 그리고 인위적으로 가꾸지 않는 정원(숲)이 그것이다. 탐진강은 그다지 큰 강이 아니기 때문에, 깊고 푸른 물이 있으려면 보가 필요하다. 그래서 장흥의 정자들은 어김없이 보를 하나씩 끼고 있다. 그 보에는 또 소가 있다. 소가 있는 보의 물은 여러 색깔을 지닌다.

마을 회관을 뒤에 두고 동백정 원림을 바라보면, 언뜻 잡히는 풍경 하나가 있다. 동백정을 중심으로 왼편에는 커다란 고인돌이 있고, 오른쪽에는 비닐 하우스가 있다. 이른바 집(무덤, 정자, 하우스) 세 채가 날날하게 서 있다. 고인돌은 최소한 오 천년 이상 된 집이다(무덤도 집이다. 그래서 풍수에서는 무덤을 陰宅이라고 하지 않던가). 영혼이 날아가지 못하게(?) 오천 년 이상을 무거운 돌로 눌러 둔 고인돌. 풍류로서 영혼의 자유로움을 꿈꾸었던 정자. 영혼이 없는 하우스. 공통분모를 영혼으로 잡고 세 집을 비교하면, 인간의 문명이 어디로 향하고 있는가 묻지 않을 수 없다.

천천히 봇둑을 건너보라. 잔물결 소리가 하늘에 닿는다. 역시 동백정은 겨울이라야 제격이다. 잡목들이 우거진 여름의 숲하고는 전혀 다르다. 이 나라 어디에 이만한 솔숲이 있던가. 나무들은 일제히 정자를 향하여 엎드려 있다.

둑을 건너면 동백정으로 향하는 돌계단이 나온다. 그러나 내친걸음에 동백정으로 향한다면 그 사람은 동백정을 절반도 모르는 사람이다. 계단에 발을 놓기 전에 강과 숲 사이의 비좁은 시멘

트 둑을 따라 장항마을 쪽으로 가라. 발 아래는 용소이다. 독실보의 용소와 연결되었다는 이야기가 전해 내려오던 곳이다. 용소를 지나 열 걸음쯤 걸으면 농로가 나온다. 그곳에서 따라 2번 국도가 있는 곳까지 쭉 걸어가라. 뒤돌아보지 마라. 속된말로 노가리나 까면서 걸어가다 보면 시커먼 아스팔트가 나온다. 그쯤에서 뒤돌아서면, 동백정의 참모습이 보인다. 갈잎에 어우러진 동백정은, 해 질 녘이면 속세를 버리게 한다. 연애를 한다면 동백정에 오면 된다. 천천히 석양을 걸으면서 만상이 하나됨을 이야기한다면, 그 연애는 100% 성공한다. 연애가 아니라도 좋다. 동백정은 마른 갈대 잎에 올려놓아야 그 맛이 난다. 멀리 보이는 수인산은 배경이라도 좋다.

다시 지나온 길을 더듬어 가더라도 그 길은 알고 있는 길이 아닐 것이다. 돌아보면 늘 다른 길이 있는 것이다. 내가 이미 지나온 곳이더라도.

해가 진다. 겨울이다. 순간 느끼는 가벼움은 인간사의 것이 아니다. 돌아와 둑이 끝나는 곳에서 계단을 오른다. 솔향은 천년의 세월을 거슬러 우리의 선조들이 느꼈을 것과 같은 향기를 맛보게 한다. 천년 세월의 내음이다. 계단을 오르면 시누대들이 가장 먼저 반긴다. 활시위를 만드는 데 썼다고 해서 시누대라고 했다던가. 전쟁시에는 시위가 됐을 것이고 평화시에는 마당 빗자루가 되었을 시누대. 우리 선비들의 정신인 것만 같아 마음 깊은 곳이 푸르게 차오른다.

소나무와 대나무. 송죽이 어울리니, 하늘은 자꼬 높아진다. 팽야 그 하늘이라고 말한다면 우둔한 자일 것이다. 송죽이 푸르르니 하늘은 명경이다. 하늘이 거울이고 물 또한 거울이니, 우둔한 내 모습이 한꺼번에 들킨다. 겨울이다. 얼음 같은 거울이다.

왼쪽에는 허물어져 가는 관리사가 있다. 걸레질 한 번 하지 않았을 것 같은 마루. 꽉 찬 쓰레기통. 이것이 장흥 문화의 현실이다. 하지만 동백정은 그따위 것에 연연하지 않는다. 궁둥이 딱 깔고 '인자 이 집 귀신잉께' 하는 오래전의 새색시처럼, 가만히 앉아 있다. 하늘은 팽야 그 하늘이다.

강은 세월을 거슬러 흐르지 않는다

한 해가 가고 한 해가 온다. 토골토골 흐르는 물결 따라 한 해가 흘러가고, 새해가 흘러온다. 강은 세월을 안고서 한사코 낮은 곳으로 흘러간다. 지와몰 쪽으로 흘러내려 가는 물이나 노루목이나 만손리 쪽에서 내려오는 물이나, 수량 면에서 그다지 차이가 없다. 사랑하는 사람의 손금 같은 강. 이곳은 탐진강의 상류이다. 어느 강이건 상류는, 이 땅 어머니들의 악착같음을 닮아 있다. 아득바득 흐르는 것 같지만, 한없이 맑은 어머니의 심성. 물빛은 언제고 어머니를 떠올리게 한다.

흐르는 강물처럼 풍경 좋은 동백정에 다시 몸을 담는다. 동백정을 처음 지은이는 김린(金麟)이다. 그는 한때 의정부 좌찬성에 이르는 벼슬을 하였지만, 세조가 단종을 폐하고 왕위를 차지한 후, 모함에 의해 좌천되어 장흥부사로 재직하였으나, 세조 4년에 스스로 은퇴하였다. 김린의 호는 동촌(桐村)인데, 그가 처음 살았던 곳은 효자리의 서남쪽이었다고 한다. 깽밴 혹은 뒷들보로 불렸던 곳이다. 효자리는 쇄깃들, 쇄얏평으로 불리기도 하였다. 후에 김린은 호계리로 거처를 옮기는데, 지금의 호계리 주민 대부분이 청주 김씨인 것으로 미루어, 마을의 입향조를 김린으로 보아도 무방할 것 같다.

동백정은 두 개의 축대 위에 있다. 위쪽 축대 위에는 최근에 쌓은 것으로 보이는 담장이 있는데, 멋을 아는 사람이 쌓았는지, 높이가 낮은 돌담은 '마치 맞다'는 느낌을 준다. 예술이란 때로 파격이지만, 결국엔 '마치 맞은' 어떤 것을 지향하지 않을까?

동백정의 오랜 주인은 김린이지만, 그가 지금의 정자를 지은 것은 아니다. 그는 이곳에서 가정사(假亭舍)를 짓고 은거하였는데, 그의 후손인 운암 김성장(雲岩 金成章)이 1584년에 정자를 짓고, 선조가 심었던 뜰 앞의 동백나무가 하도 아름다워 동백정이라 이름지었다고 한다.

현재의 동백정은 1985년에 증수한 것으로 정면 4칸, 측면 2칸의 맞배지붕이다. 이전에는 정면 3칸이었는데, 동쪽 한 칸은 나중에 증수하였다. 뒤켠으로 돌아가니 백년은 넘어 보이는 동백나무 한 그루가 있다. 애초의 그 동백나무는 아니겠지만, 너른 품을 지닌 나무는 덕성이 있어 보인다. 잎새 하나를 따서 합장한 손 사이에 넣고 피리를 불어본다. 삐- 하는 소리가 허공을 쏜다. 오랜만에 자연의 악기를 만져본 탓에 재미 붙은 나는, 이번에는 시누댓잎을 입에 물고 불어본다. 이 음악 또한 이전에 뒤지지 않는다.

아무리 좋은 음악이 있다고 하더라도, 자연이 주는 음악보다 향기롭지는 못할 것이다.

동백정의 묘미는 실용성에 있다. 지금도 가을에 시제를 지내기 위하여 아궁이에 불을 지핀다. 동백정은 정자만은 아니다. 시제를 모시는 사당이며, 불과 60년여 전만 하여도 서당의 구실까지 하였다고 한다. 덕망 있는 훈장님이 근처의 아이들을 모아서 소학이니 천자문을 가르쳤을 것이다. 시누대 회초리를 손에 든 훈장님의 모습이 눈에 선하다. 훈장님은 떼끼놈– 하면서 게으른 나의 발길을 재촉한다.

누각과 거기에 붙어 있는 쪽문. 무언가 귀중한 것들이 있을 것만 같다. 문창살에 손을 대 본다. 내 살인 양 따스함이 느껴진다. 쇠때(열쇠)가 없는 방으로 들어선다. 아랫목 쪽에 조그만 문이 하나 있다. 열어보면 귀한 문서를 보관하면 좋을 것 같은 공간이 나온다. 오래전의 훈장님이 엿이라도 숨겨두었다가, 책거리하는 날이면 꺼내어 주었을지도 모를 일이다. 때를 잊은 동백꽃 한 송이가 마당가에 피어 있다. 접(겹)동백이다. 철을 모르는 게 어디 저 꽃뿐이랴. 겹처마 아래에 핀 겹동백을 보니, 수상한 시절이야 먼데의 이야기이다.

사당, 서당, 정자인 동백정을 뒤에 두고 계단을 내려온다. 보안의 강돌이 많은 곳은 매년 정월 대보름날 별신제를 지내는 곳이다. 호계마을은 별신제와 함께 당산제, 산신제, 맬구제 등을 지내고 있거나 지낸 적이 있어서 민속학 연구에서 중요한 마을이다. 예전에는 2번 국도가 지나는 곳에 당산나무 두 그루가 있어서 그곳에서 당산제를 지냈다. 도로가 포장되고 난 후 당산나무 한 그루가 죽더니, 몇 년 후에 짝을 잃은 나무가 마저 죽었다. 그 후 제를 지내지 않았는데, 교통사고가 잦았다고 한다. 그래서 최근에는 별신제와 더불어 산신제를 지낸다. 그래서인지는 몰라도 최소한 이 마을 사람들이 사고로 다치는 일은 없어졌다고 한다. (제보: 이봉순. 64. 호계리)

별신제는 흔히 1715년부터 지냈다고 알려졌는데, 그것은 호계 대동계에 대한 자료들에 근거해서이다. 하지만 축문을 쓴 사람인 만수재 이민기(晩守齋 李敏琦. 1646~1704)의 생몰 연대로 미루어 그 연원이 더 거슬러 올라간다고 보아야 할 것 같다.

강 안의 잔돌이 많기도 하다. 20년여 전만 하여도 노루목과 호계마을 젊은이들이 돌싸움을 하였던 강둑에는 웃자란 풀들만 무성하다. 지금은 돌싸움을 할 젊은이들도 없다. 사람이 빠져나가고 민속놀이가 사라져 가는 농촌. 하지만 찬 겨울을 이겨내는 보리 싹의 푸르름과 함께 우리의 마을들은 건강하게 살아 있다. 노을이 진다. 석양빛처럼 붉은 심장을 가진 사람들의 겨울이다.

동백정 아침
- 탐진시편5

눈 감으면 귀부랄에 노을을 단 어린 강이 찰방거리며 다가온다 돌아가고 싶지 않아서 다시 읽고 싶은 시절이여

또 뒤척이는 밤이면 보올 아래로 출렁 강 물결이 와서 부딪힌다

용호정(龍湖亭) 가는 길

답사를 하다보면, 예기치 않는 사람과 함께일 때가 많다. 이번 답사에는 중학생 두엇이 함께했다. 나는 아이들과 함께 용호정을 둘러보면서 정자에서만 정자를 보지 말 것을 당부하였다. 대부분 사람들은 관광지에 가서 '그곳만' 둘러보고, 그곳에서 사진 몇 장 찍고 나오기 마련이다. 그러나 세상 속에 홀로인 것이 어디 있던가. 내 몸 하나 있기 위하여, 수많은 조상들이 있었듯이, 좋은 건물 하나 있기 위해서는 그것에 어울리는 풍경이 있기 마련이다.

동백정에서 나와 부산면 소재지 쪽으로 향하여 다리 하나를 지나면, 왼쪽에 조그만 대숲이 나타난다. 대숲에 싸인 흰 건물은 이제는 폐교가 되어버린 '부산동국민학교' 이다. 그쯤에서 멈추어 오른쪽 길옆을 보면 '지와몰' (용반리)이라고 새겨진 커다란 바위가 보인다. 용호정이 있는 마을이다. 농로로 접어들면, 마을이 지닌 품이 여간 넉넉하지 않다. 초행이라면 마을 사람에게 용호정의 위치를 묻는 것이 좋다. 약간 비탈진 길을 따라 마을이 끝나는 곳에 이르면, 언덕 너머로 이어진 길이 보인다. 그 길로 담배 한 대 참쯤 걸어가면, 길이 왼쪽으로 '비암 꼬랑지맹키로 휘어져 들어가는 데' 가 있는데, 거기서 쉰 발짝 정도 내려가면 용호정이 있다.

언덕 위에서 보아도 정자는 오간데 없고, 강물이 보이는 곳에 이르러도 정자는 눈에 띄지 않는다. 귀한 것은 감추어져 있기 마련이던가. 습기 많은 암반과 괴목들 사이로 난 좁은 길에 들어서야만 정자가 보인다. 그것도 전체가 다 보이는 것이 아니라, 수줍어서 눈썹이 보일 듯 말 듯 바위 뒤에 숨은 모습이다. 적나라하게 노출된 여배우가 아니라, 창호에 비친 그림자가 아름다운 여인이랄까.

정자를 보면서 어찌 집만 보고 아름다움을 말할 수 있으랴. 풍경과의 어울림, 그리고 거기에 깃든 정신과 사연들이 어우러져야 비로소 정자가 보이는 것이다. 그 모든 것들을 감안하였을 때, 용호정은 수많은 정자들 중, 하나의 모범답안처럼 느껴진다. 정자에서 보는 탐진강의 검푸른 물결도 그렇지만, 정자 밑으로 쌀쌀 걸어 내려가면, 있는 듯 없는 듯 암벽에 붙어 있는 돌담이며, 그 자체로 하나의 기념물이 되었을 법한 바위들의 형상이 범상하지 않다. 하지만 슬리퍼나 삐딱구두는 그 길이 사양할 것이므로, 웬만하면 운동화나 맨발로 가야 한다.

정자는 삼대에 걸친 아름다운 이야기를 담고 있다. 정자의 주인인 최영택(崔榮澤)은 부모에 대한 효성이 지극하여 부친상을 당하자 3년간 온갖 정성을 다하였는데, 어느 해 많은 비로 강물이 불어, 성묘를 갈 수 없게 되자, 이 자리에 서서 강 건너에 있는 부친 최수인(崔守麟)의 묘를 바라보고만 있었다 한다. 어찌 하루 이틀이었겠는가. 매일같이 용소 위에 앉아서 건너편을 바라보는 아버지의 효성을 기리어, 셋째 아들인 규인(奎人)이 형제들과 힘을 모아 초가정자를 지은 것이 1827년이다.

이후 정자는 1946년에 중수(重修)하였는데, 정면과 측면이 각각 2칸씩에 팔작 지붕이다. 가운데에 방을 두고 사방에 마루를 들였다. 내부에는 20여 개의 현판이 있다. 귀목과 밤나무를 사용하여 지었다는 정자는, 효심이 깊숙이 밴 탓인지 한겨울에도 따뜻한 느낌을 준다. 재질이 재질인지라 칠을 하지 않았어도 좀 먹은 흔적은 없다. 마당에 놓인 괴석들은 그것대로 용의 모습을 닮아 있다.

현판의 글씨는 집자된 것이다. 집자 글씨를 볼 때마다 나는 우리 문화의 위대함에 놀라곤 한다. 옛것의 뛰어남을 아끼고 우러르는 마음이 배어 있기 때문이다. 새로 쓸 수도 있지만, 이미 이전에 더 높은 수준의 작품이 있으므로 그것을 베낀다는 것, 그것은 단순히 복사의 의미만을 지니지는 않는다. 좋은 작품에 대해 예의를 갖출 줄 알았던 세계관의 표현이었던 것이다. 요즘 사람들 같으면, 이전의 것은 그것대로 두고 자신의 글씨로 현판을 달려 하였을 것이다.

앞쪽에 보이는 산은 기역산(騎驛山)이다. 옛날에 장사 하나가 큰 바위를 들고 기역산 위를 걸어갔다고 한다. 그때 장사가 들고 간 바위는 제암산 정상에 있는 제왕바위(상대바위)라고 하는데, 장사가 지나가며 남긴 발자국이 있다는 기역산은, 6·25 전후에는 지리산, 백운산으로 이어지는 빨치산들의 길이었다.

용호정에서 강의 상류 쪽으로 눈을 돌리면, 다랑치 논들 너머에 조그마한 모래톱이 있다. 그곳은 내가 용호정을 감상하는 장소로써 으뜸으로 치는 곳이다. 나는 아이들과 함께 또랑 하나 흘러와 탐진강을 만나 이룬 모래톱으로 향했다. 다랑치는 왜 물고기 이름 같을까. 골짝으로 골짝으로 지느러미를 힘차게 치고 올라가는 커다란 물고기 같은 다랑치.

어덕밑 응강(응달)진 곳에는 아직껏 녹지 않은 눈이 눈동자를 반짝인다. 아이들의 걸음은 강아지보다 가볍다. 나이 들며 느는 것은 무게뿐이다. 더 무거워지면 움직일 수 없으리라.

용호정을 둘러싼 나무들은 쭈욱쭉 늘어진 느낌이다. 필력 좋은 서예가가 일필휘지로 한 장의 종이에 한 글자만 남겼는 듯, 나무들은 저마다 혼자서도 완성이다. 여름에는 우거진 것이 넉넉하여 좋고, 가을은 푸른빛에 점점이 찍힌 붉고 노란 그 색감이 좋고, 겨울이면 비어 있는 듯 힘차게 솟구치는 선들이 좋다. 용호정이 안은 숲은 계절마다 개미가 있다.

중턱이 부러진 한 그루의 나무는 단순히 자연의 한 현상으로 읽히지 않는다. 나는 아이들에게 용호정의 내력을 말해준다. 그런데 갑자기 한 아이가 생뚱한 표정으로 질문을 한다.

"왜 이름을 용호정이라고 했어요? 용과 범은 싸우는데…"

녀석은 용호상박이라는 고사성어를 어렴풋이 알고 있었나보다. 나는 선뜻 용호정의 한자어가 녀석이 말한 것과는 다르다는 것을 말하지 못한다. 용호정의 한자어는 龍湖亭이므로 거기에는 분명 '물 호' 자가 쓰였지만, 내게 더 중요하게 다가왔던 것은 용과 범이 싸운다는 말이었다.

용과 범은 싸운다. 그것을 용호상박이라고 말한다. 그런데 용과 범이 싸우는 것은 상대를 죽이기 위해 싸우는 것이 아니다. 여기에서 용은 음의 극치인 물의 상징이고, 호는 양의 극치인 불의 상징이다. 어린 시절 대개의 집에는 용과 범이 싸우는 그림 한 점은 있었을 것이다. 거기에는 어김없이 '家和萬事成' 이라는 한자어가 함께했을 것이다. 어떻게 용과 범이 싸우는 그림으로 집안의 화목을 기원하였을까? 답은 어렵지 않다. 용호상박이라는 단어의 뜻은 싸운다는 의미와 함께 어우러진다는 의미를 가지고 있다. 음의 극치인 용과 양의 극치인 범이 싸운다는 것은, 곧 섹스를 의미하기 때문이다. 섹스는 싸움이고 어우러짐이요. 또한 누가 이기고 짐이 없지 않던가. 그래서 과거에는 기우제를 지낼 때 용왕에게 빌고 나서 호랑이 형상을 한 목조각을 호수에 던져 넣는 풍습이 있었다. 용과 범이 만나 한판 싸우고 비 좀 내리게 해

달라고……. 이른바 옥수다.

나는 아이의 질문에 늦게야 대답한다.

"보미야. 그건 니가 잘못 알았다. 용호정이라는 이름에 쓰인 '호' 자는 범을 말하는 호자가 아니라 호수 할 때 호자를 쓴 거야."

아는지 모르는지 아이는 고개를 끄덕인다.

정자 하나에서도 장흥의 넉넉함이 보인다. 담양의 정자들은 강에서 '저만치' 떨어져 있다. 그런데 장흥의 정자들은 강에 붙어 있다. 강과 산 '마치맞게' 어우러질 수 있는 장소가 있다는 것은 쉬운 일이 아니다.

비 내리는 날 조용한 정자에 들어
-부춘정

빗속에 부춘정을 찾았다. 비는 그치다 말다, 를 반복하고, 그새 이삭이 팬 벼논에는 부지런한 농부가 '똘(논 안에 배수가 잘 되도록 만드는 도랑)' 을 치기 위해 바쁘다. 불어난 강물로 인해 부춘정이 있는 부춘마을은 바다 가운데의 섬인 것만 같다.

대개의 문화재는 가까이에서 보아야 진가를 알 수 있지만, 탐진강변의 정자들은 물을 사이에 두고 보아야 맛이 난다. 강 건너에 있는 부춘정을 바라본다. 비의 빗금이 또렷하여 정자의 모습은 흑백사진 속 추억의 모습 같다. 금이 많이 간 필름. 그러나 부춘정은 오래 되었더라도 빛이 바랜 사진은 아니다. 옛날인 듯 선명히 떠오르는 고향 친구. 그 얼굴이 부춘정의 변함없는 모습이다.

정자의 이름은 부춘정이 아니라, 청영정(淸穎亭)이었다. 맨 처음 정자를 지은 문희개의 호를 따서 그렇게 한 것이다. 문희개(文希凱, 1550~1610)는 임진왜란 때 의병을 일으켜 많은 전공을 세우기도 하였다. 그는 선조 때 사마시에 올랐고 임진왜란 때는 계부(季父) 풍암공(楓菴公) 위세(緯世)를 도와 의병을 일으켜 많은 적을 섬멸하였다. 그리고 그 전공(戰功)으로 고창현감에 제수 되었는데 곧이어 정유재란이 일어났다. 왜적이 침범해 성(城)을 포위하자 문공은 아들 익명(益明)·익화(益華) 등과 함께 싸우다 적의 칼에 맞아 심한 부상을 당했으나, 굴하지 않고 분전하여 마침내 적을 물리치고 성을 사수했다.

부춘정의 창건 연대는 정확하지 않으나, 문공(文公)이 벼슬에서 은퇴한 1598년(선조 31) 이후로 보는 사람들이 많다. 나중에 이 정자를 사들인 청풍 김씨들이 부춘정(富春亭)으로 이름을 바꾸었다.

봄에 부춘정을 찾으면 후회하지 않는다. 벚꽃 만발한 정자 주변은 온통 꽃천지라서, 작은 술잔 하나를 들고 있어도 금세 잔 위에 꽃이 핀다. 그래서 부춘정은 봄에 찾아야 제 맛이라고 말하는 이들이 있기도 하지만, 부춘정을 즐겨 찾는 이들은, 눈 많이 내린 겨울날 즐겨 찾는다. 겨울 부춘정을 본 적이 있는 사람은, 눈 오는 날이면 부춘정이 그리워 몸살이 나기도 한다.

하지만 자연과 어우러진 정자의 아름다움이 계절을 탓하랴. 비 오는 날 찾은 부춘정이나, 여름 가을의 부춘정도 색다른 묘미를 보여 준다. 정자 앞 강 안에는 조선의 명필 옥봉 백광훈(1537~1582)이 썼다는 용호(龍虎)라는 글씨가 물과 함께 흘러가고 있다. 옥봉은 문희개의 인품에 감동하여 '비 개인 맑은 강에 강물은 잔잔한데 강가 짙은 꽃 속에서 푸른 물로 목욕하네' 라는 내용의 시를 짓기도 했다.

이쯤에서 정자의 건립연대에 대한 의문 하나가 든다. 대개의 사람들은 부춘정의 창건연대를 1598년 이후로 보고 있는데, 그것은 문희개가 벼슬을 그만두고 고향에 내려왔을 때 이 정자를 지었다고 보기 때문이다. 하지만 정자의 창건연대를 1598년 이후로 보았을 때 옥봉과의 연관성에 문제가 생긴다. 옥봉이 분명 부춘정과 직접 관련이 있을 것으로 보이는데, 옥봉은 1582년에 운명하였으므로 죽은 옥봉이 정자 앞 바위에 글씨를 썼다고 보아야 하는데, 앞뒤가 맞지 않는다.

그렇다고 정자가 없는 마을 앞 바위 앞에 옥봉이 글씨를 썼다는 주장도 궁색할 수밖에 없다. 조선 최고의 명필이 교류가 있는 사람이 살고 있는 마을 앞이라고는 하나, 쉽게 붓을 들 리는 만무하기 때문이다. 더구나 바위에 새겨진 '용호(龍虎)' 는 문희개의 호이다.

용호 문희개는 선조 병자년에 사마시에 올랐는데, 사마시는 진사시와 같은 말이다. 그리고 선조가 즉위한 후 유일한 병자년은 서기 1576년이므로, 용호는 1576년에 진사가 된 후 낙향한 것으로 보인다. 정자는 이 무렵에 지어졌을 것 같다. 진사가 되어 고향으로 내려온 용호와 옥봉이 교류를 맺었을 가능성이 가장 높기 때문이다.

진사가 된 용호 문희개(龍虎 文希凱)가 벼슬을 하지 않았던 이유는 당시의 정국과도 관련이 있어 보인다. 용호의 막내 숙부인 풍암공(楓菴公) 위세(緯世)는 윤효정(尹孝貞)의 외손이었기 때문이 일찍이 외숙부인 귤정 윤구에게 수학한 뒤 미암 유희춘(1513~1577)과 퇴계 이황(1501~1570)에게 수학하였다. 풍암공은 1567(명종22)년에 진사가 되었으나 벼슬길에 나가기보다는 오직 학문연구에 전심을 다했다. 사실 벼슬에 나가지 않았던 이유는 당시의 조정이 서인들의 손아귀에 있었기 때문이다.

동인인 이황과 유희춘에게서 공부를 하였으니, 당연히 풍암공은 동인으로 분류되었을 것이고, 그의 조카인 용호 문희개도 사정은 마찬가지였을 것이다. 뜻을 품고 있더라도 뜻을 펴기 어려운 시기였던 것이다. 그러니 당연히 시기를 기다리며 후학을 지도하고 풍류를 즐겼으리라. 가까이에는 시문과 글씨에 능한 옥봉이 있었으니 열세 살의 나이 차이에도 불구하고 유난히 어울렸을 것이다.

이런 것들을 종합하여 보았을 때 정자의 창건은 1598년 이후가 아니라, 1576년 무렵으로 보는 것이 타당할 것이다. 장마에 불어난 물이 '용호(龍虎)' 라는 글씨가 적힌 바위 언저리에 간지막(간지럼)을 먹인다. 물과 함께 흐르는 글씨는 금세라도 찰랑거리는 소리를 낼 것만 같다.

천천히 정자로 향한 계단을 오른다. 그런데 이때쯤이면 나타나야 할 그의 모습이 보이지 않는다. 부춘정에 올 때마다 얼굴을 보여주던 사내 하나가 있다. 나이는 알 수 없지만, 그가 이 마을에 사는 것만은 분명하다. 내가 '춘정맨' 이라는 별칭을 지어준 그는,

순진하기 그지없고 부춘정에 온 사람들에게 관심이 유별나다.

어느 해 봄, 그를 처음 만났을 때가 생각난다. 벚꽃이 흐드러진 봄날의 부춘정을 놓칠 수 없어서, 몇 사람이 함께 부춘정을 들른 날이었다. 차가 마을 앞 다리를 건너자, 한 사내가 달음질을 치며 차를 따라왔다. 룸미러에 보이는 그의 모습은 굼떠 보였다. 우연의 일치이겠거니 생각을 한 나는 차를 세우지 않고 곧장 정자 아래까지 차를 몰았다.

주차를 하고 차에서 내리자, 이미 숨이 턱에 찬 그 사내가 우리 앞을 가로막았다. 나는 경계심이 일었다. 그래서 그를 째려보면서 '왜요?' 하고 물었다. 함께였던 일행들도 긴장한 기색이 역력하였다. 그러자 사내의 대답은 의외였다.

"어-서(어디서) 왔어요?"

마치 일곱 살 난 어린아이가 낯선 사람을 만나 신기하여 물어보는 그 눈빛이었다. 그제야 우리는 경계를 풀었다.

그는 우리가 정자를 둘러보는 동안, 쉬지 않고 말을 하였다. '쩌 교회 목사가 나를 오락하드니, 막 패불드랑께요.' 무슨 이야기인지 이해가 되지는 않았지만, 그의 이야기가 구경을 방해하는 것은 아니었다.

그 봄날 그렇게 만난 뒤로 그와의 인연은 이어졌다. 내가 부춘정에 갈 때마다 그는 어김없이 담박질로 뛰어와서 말을 걸었다. 어떨 때는 강가에 있는 소 옆에 서 있다가 뛰어왔으며, 또 어떨 때는 말려둔 나락을 포대에 담는 것을 도와주다가도 뛰어왔다. 가을에도 뛰어왔고, 봄에도 뛰어왔다. 그런데 오늘은 그의 모습이 보이지 않는다.

계단 중간에 서서 뒤돌아본다. 지금쯤 뛰어올 법도 한데, 어디에도 그의 모습은 없다. 비가 온 탓에 집에 있으려니 생각을 한다. 부디 건강하게 잘 지내고 있었으면 좋겠다.

맑은 날이면 매미 소리가 출렁거려서, 물 깊은 곳의 정자는 마치 배가 된 느낌이 들기도 하는데, 빗소리만 간간이 처마에서 떨어질 뿐, 찾는 이 많지 않는 부춘정은 조용하다. 뜰에는 괴석 몇 개가 있고, 정자 뒤편에는 문희개 선생이 선조 임금을 그리워하며 매일 북향재배 했다는 '망군대 비(望君臺碑)' 가 서 있다.

부춘정은 정면 3칸, 측면 2칸의 팔작집이다. 평면구성은 측면 2칸 정면 1칸은 대청마루이고, 정면 2칸 측면 1칸은 방으로 구성되어 있는데, 온돌방 앞뒤로 마루가 정면 2칸 측면 반칸씩 깔려, 방은 마루가 3면을 둘러싼 형식이다. 한편 강이 보이는 쪽에는 반 칸짜리 누마루가 설치되어 있다.

방으로 들어서니 문턱 하나로 분리된 방. 방은 둘이면서 하나이다. 바닥 빛깔이 좋다. 깔린 것이 흔한 장판은 아니라, 죽석(竹席)이다. 이곳에서 멀지 않는 곳에 있는 호계(虎溪)마을은 예부터 죽석으로 유명하였다. 호계죽석은 그 짜임새가 빈틈이 없어서 죽석 위에 물을 부어도 새지 않았다고 한다. 물을 부어도 새지 않는 그런 죽석 같은, 신실한 사람을 만나고 싶은 날이다.

억불산 며느리바위 전설을 어떻게 읽을 것인가

장흥 억불산에는 기이한 바위가 하나 있다. 일명 며느리 바위라 불리는 바위인데, 최고로 높은 쪽은 무려 70미터에 달하는 커다란 바위이다. 그런데 그 바위가 위치한 곳 주변에는 이렇다할 기암괴석이 없어서, 그것 하나만 우뚝 솟아 있다. 멀리서 그 바위가 있는 능선을 바라보면, 여러 가지 생각이 든다. 그 바위가 없다면, 산의 흐름은 마치 달이 앉았다 간 자리처럼 부드러운 반원형이다. 그런데 그렇게 부드러운 곡선의 7부 능선에 달에 앉아 있는 달사람 같은 커다란 바위가 있는 것이다.

전설의 줄거리는 다음과 같다.

박림마을에 구두쇠 시아버지와 한 며느리가 있었다. 그러던 어느 날, 한 노승이 시주를 왔는데, 시아버지가 노승의 바랑에 쇠똥을 넣어주며 노승을 쫓아내었다. 그걸 본 며느리가 노승을 따라 나가, 시아버지의 잘못을 사과하며, 노승에게 쌀을 시주하였다. 그러자 노승이 예언을 하였다. 며칠 뒤 큰 비가 내릴 것이니,

그 비를 피해 억불산을 오르시오. 그래야 목숨을 구할 수 있을 것이오. 하지만 뒤돌아보지 마시오. 만약 뒤를 돌아보면, 예기치 못한 일이 발생할 것이오. 하고 말했다. 그 후 며칠이 지나서 스님의 말씀대로 큰 비가 내렸다. 스님의 말을 기억하고 있던 며느리는 젖먹이 어린아이를 업고 억불산을 올랐다. 등 뒤에서는 빗소리와 사람들의 아우성 소리가 들려왔다. 며느리는 스님의 말씀대로 뒤를 돌아보지 않으려 애를 쓰면서 산을 올랐다. 하지만 7부 능선에 이르렀을 때 도저히 사람들의 아우성 소리를 외면할 수 없었다. 그래서 뒤를 돌아보았는데, 그 순간 온몸이 돌로 변했다.

며느리 바위 전설은 신화적인 세계를 담고 있다. 산은 억불산이다. 이미 1억 분의 부처가 있는 산이라는 말이다. 즉 무수히 많은 신이 있는 성스러운 공간이다. 산 정상은 곧 하늘과 같은 의미를 지니기에, 억불산 정상은 신의 영역인 하늘이다. 며느리 바위는 7부 능선에 있다. 신의 영역에는 들어가지 못한 장소이고, 사람들이 사는 땅보다는 훨씬 높은 곳이다. 아니, 이미 그 높이로 보아서는 산정에 닿아 있다.

그 바위를 중심으로 신의 영역인 산 정상과 사람의 영역인 산 아래가 명확히 구분된다. 산정은 신성한 곳이고, 구애받을 것도 없는 곳이다. 완전 해방의 공간이며, 괴로움이나 번뇌가 없는 부처의 땅이다. 하지만 산 아래는 속된 곳이다. 탐욕이 넘치는 타락한 땅이다. 오직 자기만을 위하는 사람들이 살며, 남을 돕거나, 더불어서 함께 살려는 생각이 없는 자들이 있는 곳이다.

그렇게 성과 속은 엄격히 구분이 되고, 성과 속의 경계에 며느리 바위가 있다. 따라서 신화 속 며느리는 신이 되지 못한 자이다. 불교식으로 본다면 해탈에 이르지 못한 존재이고, 기독교적으로 본다면 구원 받지 못한 자이다. 하지만 설화 자체가 불교에 기대어 있으므로 불교적 해석이 적절할 듯하다.

며느리는 신의 영역에 갈 수 있는 자였으나, 신의 땅인 산정으로 마저 오르지 않았다. 오르지 '못한' 것이 아니라, 오르지 '않' 았다. 따라서 억불산의 며느리는 신의 영역으로 가는 것을 의도적으로 그만둔 존재이다. 그 며느리 바위와 유사한 보살이 있다. '관세음보살' 이다. 세상의 중생을 모두 해탈로 이끌기 전에는 부처가 되지 않겠다는 서원을 세운 보살이다.

며느리는 한 발짝만 더 오르면 신이 될 수 있었는데, 고개를 돌려 뒤돌아보았다. 세속에 사는 시아버지와 남편과 마을 사람들의 아우성을 외면할 수 없었기 때문이다. 따라서 며느리는 세속의 인간들을 구원하기 위해 고개를 돌린 것이다. 혼자서만 신이 되는 것을 포기하고, 모두 함께 신이 되는 길로 인도하기 위해 고개를 돌려 속된 세상을 바라본 것이다.

여기에서 '바라본다' 라는 말을 깊이 있게 해석할 필요가 있다. 눈을 돌려 보았다는 것은 '관(觀)' 을 뜻하는데, 단순히 본다는 의미만 지닌 것인 아니라, 보고 듣고, 관심을 갖고, 보이는 세계을 초월한 본질의 세계를 꿰뚫어본다는 의미를 지닌다. 나아가 마음의 미동을 멈추고, 고요한 상태에서 대상을 응시하는 것이며, 자기 생각을 떨치고, '염(染)' 이 없는 상태로 근원을 바라본다는 의미를 지닌다.

즉 억불산 며느리 바위의 며느리는 중생을 구원하기 위해 부처가 되는 것을 잠시 접은 '관세음보살' 의 화신으로 해석이 가능하다. 이렇게 보았을 때, 설화 속 며느리에게 시주를 받았던 노승은 이미 신적인 존재라 볼 수 있을 것이다.

물론 며느리바위 설화를 하나의 이야기만으로 풀어낼 필요는 없다. 그것은 얼마든지 다른 해석이 가능하다. 며느리 바위를 부처의 형상으로 보았을 때, 그 모양이 서 있는 자세와 유사하므로, 미륵불로 해석하는 것도 의미가 있을 것이다. 설화는 한 가지 이야기라고 하더라도 그 해석은 수천 갈래로 나뉠 수 있다. 거기에 상상력이 곁들여진다면 '며느리 바위 설화' 하나가 수많은 예술작품의 탄생을 부를 수도 있을 것이다.

3장

•

그대와 나 사이에 강이 흐르고, 산과 들이 펼쳐지고, 그곳에서는 꽃이 피고 나비가 난다. 그대와 나 사이에는 하늘빛도 발을 담그고, 공기는 꽃물이 들어 살랑거린다. 그대와 나 사이에 초원이 있어서 마음은 말 떼처럼 그대에게 향한다.
멀어진 그대와 나 사이에 그 무엇이 들지 않을 수 있겠는가. 그곳에서 세상의 꽃이 피고, 세상의 강이 흐르고, 세상의 새 생명이 시작된다.

-「관계의 틈, 인연의 꽃밭」 중에서

꽃섬에 마실가다

그 사람을 떠올리니, 노란 참외꽃이 떠오른다. 어느 여름 둘이서 꼴 베러 갔던 날, 탐진강 물이 잠방잠방 흐르던 날. 하드를 사준다는 그의 아버지의 약속을 믿고 우리는 들로 나갔다. “아이스께끼” 소리를 치던 빙과류 장수가 오길 기다리며, 그와 나는 깔(꼴) 한 망태(망태기)를 베어서 돌아오는 길이었다.

밭가에 아기주먹만 한 참외가 열려 있었다. 시장에 나오는 참외보다는 훨씬 작았던 참외. 따먹은 참외는 보통 참외보다 훨씬 달았다. 아이스께끼 장수가 마을에 오지 않았기 때문에 우리는 아이스크림 대신 백 원씩을 받았다. 턱수염이 길었던 그의 아버지 나의 이숙으로부터.

초등학교 시절 방학이 되면 어딘가로 떠나고 싶었지만, 어머니는 허락을 하지 않았다. 유일하게 방문이 허락된 집은 우리와 비슷할 정도로 가난하게 살고 있는 막내 이모네였다. 그는 그 이모의 막내아들이었다. 같은 학년이었던 우리는 우정이랄 것도 없이 친해졌다.

그 후, 그와 나는 같은 고등학교를 다녔다. 각종 문학 관련 상을 휩쓸었던 그는 처음부터 나를 기죽였다. 그와 함께 문학모임을 하였지만, 나는 얼치기에 불과했다. 수학여행을 다녀온 후, 국어선생이 좋은 글이라며 수업시간마다 읽어준 글이 있었다. 그의 글이었다. 수학여행의 여정을 가랑잎 배를 타고 다닌 것으로 표현한, 그 은유가 나를 절망하게 하였다.

한때 나는 '시를 포기해야겠다.' 고 생각한 적이 있었다. 그때 나를 다잡은 이도 그였다. 그는 내게 '무슨 일이든지 십 년은 해 보아야 하지 않느냐?' 고 하였다. 그 십 년이 내 발목을 잡았고, 나는 글쟁이가 되었다.

그리고 그는 지금까지 변함없이 내 곁에 있다. 내가 가장 힘들어할 때 실질적인 도움을 주기도 하였고, 가장 신뢰가 가는 인생 상담원이기도 한 그 이름, 유병두. 사촌이며 벗인 그가 없었다면, 이만큼의 나도 없었을 것이다. 그를 떠올리면 노란 참외 꽃이 떠오른다. 내 생의 꽃섬인 그. 나는 또 꽃섬에 가야겠다.

* 이 글의 제목은 그가 운영하는 한 인터넷 카페의 이름인데, 내게는 그가 꽃섬이기에 글의 제목으로 빌렸다.

뻘밭에서 해수욕을 하다

마을에서 유일하게 해마다 해수욕장에 다녀오는 집이 있었다. 그 집 사람들이 해수욕장에 간다고 신작로 쪽으로 걸어가면, 마을 아이들 서넛은 항상 그들의 등을 물끄러미 바라보곤 하였다. 해수욕장에 가보아야 하루가 고작이었지만, 그때 우리들이 부러워했던 것은 해수욕장에 가는 것이 아니라, 그곳에 가면 평소에는 먹어보기 힘든 아이스크림도 먹고, 수박도 먹을 수 있다는 것. 단 하루만이라도 어른들에게 투정해보고, 먹고 싶은 것 사달라고 할 수 있다는 것이었다. 그것은 분명 부러움이었다.

그 집에는 나와 비슷한 또래의 사내애가 하나 있었는데, 녀석이 해수욕장을 다녀온 후엔 해변에서 있었던 일이 화제가 되어, 짧지 않는 여름 방학이 금세 지나가곤 하였다. 그런데 이상한 것은 해수욕장에 다녀온 녀석에게 재미있었냐? 물으면, 녀석의 입에서는 엉뚱하게도 '재미없었다.' 는 말이 나왔다.

'글먼 그란디럴 물라고 갔냐?'

'그래도, 사람도 보고 그라제.'

지금 생각해 보면, 녀석이 해수욕장에 간 이유는 '사람 구경'에 다름 아니었던 것이다. 더위를 피하러 가는 것이 목적이 아니라, 도시 사람들이 많이 오니까, 그들은 어떻게 해수욕을 하는지 구경하러 갔다고나 해야 할까.

하지만 바닷물이 짜다는 것을 교과서로만 배운 내게 바다는 오래도록 호기심의 대상이었다. 그렇다고 부모님에게 해수욕을 가자고 할 수는 없었다. 농사일을 하기에도 일손이 달렸을 뿐만 아니라, 어쩌다 그 말을 꺼내기라도 하면, 나오는 대답은 한결같이 "돈이 썩었다고 그런 디를 간다냐?"하는 것이었다.

그래도 해수욕이란 것을 한 번 해 보고 싶었는데, 여간해서 기회는 오지 않았다. 외갓집이 바닷가였지만, 상대적으로 가난했던 우리 집의 사정이 어머니의 자존심과 걸려 있어서, 쉽게 간다고 할 수도 없는 곳이었다(어려서의 나는 친척집에 가더라도 우리 집과 비슷한 형편의 집에만 방문이 허용되었고, 생활수준이 다른 집에는 일절 갈 수가 없었다).

그래서 방학이면 기껏 갈 수 있었던 곳이, 비슷한 살림형편이었던 막내 이모네 정도였다. 다행히 그 집에는 같은 또래의 사촌이 있었고, 그는 나와 죽이 잘 맞았다. 해수욕장에는 가고 싶은데, 마땅한 방법이 없었던 나는, 초등학교 6학년 여름 방학 때, 오랜 고민 끝에 꾀를 하나 생각해 내었다. '집에는 출발할 때는 막내 이모네로 가서, 거기서 하루나 이틀을 머물다가 외갓집으로 가자!' 그렇게 생각하고 나서 나는 스스로 대견스러웠다.

방학이 시작되자 나는 열심히 일을 했다. 당시의 시골 마을은 소년 노동이 필요하였다. 나는 들에 나가 꼴도 베고 소도 뜯기고 매일 반복되는 일을 열심히 하였다. 그래야 나중에 이모 집에 간다고 했을 때, 미안해서라도 쉽게 보내 줄 수 있으리라 판단했기 때문이다. 물론 외갓집 얘기는 한 번도 꺼내지 않았다.

그렇게 7월이 가고 8월이 왔다. 해마다 해수욕장에 갔던 그 집에서는 또 해수욕장에 간다고 동네방네 소문이 다 났다(일종의 시기심까지 겹쳐서 그 집에서 해수욕장에 간다는 날은, 온 마을 사람들이 일정까지 꿰고 있었다).

그쯤에서 나는 어머니에게, 이모 집에 다녀올 뜻을 은근히 비쳤다.

“여름 손님언 한나도 안 반가운 벱이다.”

그러면서 허락이 떨어졌다. 나는 반가운 마음에 손가락에 상처를 내고 싶었다.

그렇게 나는 막내 이모네로 갔다. 거기에는 같은 학년인 사촌 병두가 있었고, 병두의 마을 친구들도 이미 친구가 되어 있었기에 함께 놀 아이들은 얼마든지 있었다. 그리고 위로 형이 둘, 누나가 둘, 여동생이 하나 있어서 두세 살 터울의 형제들과도 허물없이 지낼 수 있었다.

이모 집에서 보낸 이틀은 즐거웠다. 수염이 거칠었던 이숙은 어디 산골 밭가에 심고 키운 참외를 따오곤 하였다. 그리고 망태로 하나 가득 꼴을 베어 오면, ‘아이스께끼’ 장수를 불러 하드를 하나씩 사주곤 하였다. 강에서 재첩을 잡는 일도 즐거움 중의 하나였다. 울네라는 별명이 있었던 애정이 누나는 너무 예뻐서 아무 데나 같이 다녀도 기분이 좋았다.

그러나 내 머릿속에는 외갓집의 바다만 맴돌았다. 내가 두 살 되던 해에 가보고는 통 가보지 못한 외갓집인지라, 기억에는 없었지만, 어떤 막연한 그리움이 내게는 있었다. 어쩌면 그것은 외갓집에 대한 그리움이 아니라, 해수욕장에 가보고 싶다는 내 안의 강렬한 욕망이 그리움으로 포장된 것이었으리라.

잠자리에서 나는 병두에게 외갓집에 갈 계획을 이야기하였다. '공범' 이 되자고 꼬드긴 것인데, 만약 거부를 하면 참으로 난감할 것 같았다. 그래서 조심스러운 마음에 목소리도 떨렸다.

"야. 우리, 외갓집 가자!"

내가 말했다.

"안 된닥 하 껏인디……."

병두가 말했다.

"니 생각은 으짠디야?"

"몰라."

"모르는 것이 어딨다냐? 가고 잪으면 가고 자운 것이고, 가기 싫으면, 싫은 것이제."

"……."

"아야. 이참에 아니먼, 가기 심들단 마다. 중학생이나 되갖고, 외갓집 간닥 할래? 인자 내년에는 가고 자와도 못 가야."

"엄니가 안 된닥 하 껏이여."

"그라먼 너는 암말도 하지 말어라. 내가 이모한테 말씀 디릴랑께. 너 혼자 간닥하먼, 안 된닥 하겄제만, 나랑 같이 간닥하먼, 암말도 못할 껏이다."

그렇게 둘이서 한참 동안 대화를 하였다. 결국 우리는 작전을 짰다. 내가 외갓집에 간다고 말을 하면, 곧바로 둘이 함께 가면 좋겠다고 조르는 식으로 말을 하자고 하였다. 다음 날, 아침을 먹으면서 나는 외갓집에 가야겠다고 말을 하였다. 이모님은 머뭇거렸지만, 반대를 하지는 않았다. 나는 잽싸게 한마디 덧붙였다.

"병두랑 같이 가면 좋겄는디요?"

그러자 이모님은 안 된다고 고개를 살래살래 흔들었다.

"여름 손님은 한나도 안 반가운 벱이다."

어머니와 똑같은 말을 하였던 이모님의 입모양이 어머니의 그것과 다르지 않았다. 나는 병두의 허벅지를 콕 찔렀다. 전날 밤에 작전을 짠 대로라면, '대흠이는 되는디 나는 왜 안 된당가?' 하는 말이 병두의 입에서 나와야 했다. 하지만 병두의 입은 삼실을 꿴 듯 열리지 않았다. 답답한 내가 입을 열었다.

"나만 가먼 에로와서 그랑께, 병두 좀 같이 가게 해주시오, 이모."

나는 애처로운 눈빛으로 이모님의 눈을 바라보았다. 이모님은 한참동안 병두와 나의 눈빛을 번갈아 쳐다보았다.

"글먼 하룻밤만 자고 오그라이."

그렇게 간 외갓집이었다. 땅이 많았던 외가에서는 야트막한 뒷산 몇 정보 되는 곳에 수박을 재배하고 있었다. 나이로는 아버지뻘인 외사촌 형님이 수박 밭으로 데리고 가서, 가장 잘 익은 수박 한 덩이씩을 따라고 하였다.

"특별한 손님한테 팔 것잉께. 크고 존 놈으로 골라 따그라이."

병두와 나는 외사촌 형님의 말대로 수박 밭에서 가장 크고 잘 익은 수박을 한 덩이씩 땄다. 바지게 가득 익은 수박을 짊어진 외사촌 형님은 우리가 딴 수박을 각자 들게 했다.

"느그들도 느그들이 딴 놈 한나썩 들고 오니라."

그렇게 산에서 내려왔다. 우리는 우리가 들고 온 수박을 조심스럽게 토방에 올려 놓았다. 그러자 부엌칼을 들고 온 외사촌 형님이, 우리가 가져온 수박의 꼭지 부분을 아무 망설임 없이 도려내는 것이었다.

'아니! 귀한 손님에게 팔 거라고 하셨으면서……?'

어안이 벙벙해진 우리는 서로의 눈만 쳐다보았다. 그때였다. 외사촌 형님이 꼭지를 딴 수박 두 통을 우리들 앞에 나란히 갖다주면서 이렇게 말했다.

"느그들. 요놈 한 통씩 묵고, 부족하면 더 묵고 잪다고 하그라이."

꽁지 부분만 칼로 도려낸 후, 숟가락으로 파먹는 수박 맛이라니! 기가 막히다는 말 외에는 다른 표현을 생각할 수 없었다. 그리고 그것은 내게 있어서 먹기 싫을 때까지, 욕심껏 수박을 먹어본 최초의 경험이었다.

그러나 수박도 좋았지만 더 급한 것은 바다였다. 나는 외숙모님에게 바다에 가려면 어떻게 가면 되냐고 물었다. 내 머릿속에는 하얀 백사장과 거기에 있는 많은 사람들이 그림으로 그려졌다.

"더운디 뭇하라 가야?"

대숲을 등에 대고 있던 외갓집은 시원하였기에 어린 내가 바다에 간다고 말하는 심정을 이해할 수 없었을 것이다. 그러나 나는 해수욕을 해야 했다. 그래서 기어이 바다로 가는 길을 물어 병두와 함께 바닷가로 나갔다. 그러나 외가 마을의 바다는 꿈꾸었던 장소가 아니었다.

섬에 둘러싸인 남해안의 작은 포구 '미산포구'는 그저 커다란 저수지로밖에는 보이지 않았다.

"쩌가 바다까?"

내가 말했다.

"무시 바다겄냐? 저수지제."

병두가 말했다.

"저수지까?"

의문에 찬 우리는 일단 물을 마셔 보기로 하였다. 물에 손을 넣어 맛 본 물은 뜨뜻미지근하여 얼핏 무슨 맛인지 짐작을 할 수가 없었다. 그러나 몇 번 먹어보니, 분명 민물은 아니었다. 바다였다. 드디어 나도 해수욕을 할 수가 있게 된 것이다. 하지만 사람 하나 없는 곳에서 미지근한 물에 들어간다는 게 썩 내키지는 않았다. 그래도 해수욕을 해야 할 것 아닌가.

"바다다!"

소리를 질러 보았지만, 감격에 벅차거나 그런 것은 아니었다.

그래도 바다인지라, 우리는 해수욕을 한답시고, 방파제 돌 위에 옷을 벗어놓고, 팬티만 입은 채 물로 뛰어 들었다. 물속으로 들어가니 확실히 바다의 물은 하천의 물과는 달랐다. 물위로 드러난 팔과 가슴은 거칠어지고, 좀 찜찜한 느낌이 들었다. 하지만 얼마나 고대했던 해수욕이었던가. 우리는 오후 내내 바다에서 놀았다. 건너편에 신록이 우거진 섬이 보였다.

"저 까지만 갔다 와 보까?"

그다지 멀어 보이지 않는 섬이었다. 개헤엄이라면 200~300미터는 헤엄쳐 갈 수 있다는 자신감도 있었다. 하지만 눈대중으로는 50여 미터 앞에 있는 것처럼 보이는 섬이었는데, 한참 동안 헤엄쳐 갔으나, 여전히 그만큼의 거리가 남아 있었다. 그리고 헤엄을 멈추고 깊이를 재어보니, 물속으로 한참을 들어갔는데도 발이 바닥에 닿지 않았고, 아주 차가운 물이 깊은 곳에 웅크리고 있다가 발목을 핥았다.

이러다 죽을지도 모른다는 생각이 들었다. 그래서 섬으로 가려던 계획을 접고 얕은 곳으로 나와 놀았다. 물은 점점 빠지고 있었다. 물속에 있다가 드러나 뻘에서는 갖가지 생물들이 꼼지락거리고, 기어 다니고, 뛰었다. 우리는 우연히 작은 물고기를 잡기도 했다. 어쩌면 고래를 잡을 수 있을지도 모른다고 생각하면서 시간 가는 줄 모르고 놀았다. 그런데 어느 순간부터 물이 들어오기 시작 하였다. 조금 전에는 물이 가슴까지밖에 차지 않았는데, 금세 키를 넘었다. 몇 번 그러한 경험을 하게 되자 두려움이 끓기 시작하였다. 물은 금방 차올랐다. 두려움은 공포로 변했다. 그때서야 우리는 마을 쪽을 바라보았다. 마을은 까맣게 먼 거리에 있었다. 물이 들어오는 속도가 하도 빨라서, 방파제에 닿기도 전에 파도가 우리를 삼킬 것만 같았다. 물의 색도 회색과 검은색이 섞여 있어서 그림으로 보았던 악마의 형상 같았다.

우리는 동화 속에서 악마에 쫓기는 아이들처럼 뒤돌아볼 틈도 없이 걸음을 재촉하였다. 그러나 걸음을 서두를 수는 없었다. 뻘은 늪처럼 발을 빨아들였다. 가만히 서 있으면, 몸 전체가 뻘 속에 묻힐 것 같았다. 거기다가 뻘 속에는 날카로운 돌이 왜 그렇게 많은지, 발바닥이 긁히고, 찢기고 하기를 반복하다가, 마침내는 발바닥 한가운데가 길게 찢기고 말았다. 피가 펄펄 나왔고, 소금기가 스미어 상처 부위가 심하게 따끔거렸다. 하지만 깨끗하게 씻은 후 상처 부위를 살펴볼 틈도 없었다.

등 뒤에서는 밀물이 밀려 들어오고 있었고, 우리의 걸음은 물이 들어오는 속도보다 빠르지 못했다. 한쪽 발이 빠져서 빼내려 하다보면, 다른 쪽 발이 더 깊숙이 박혔다. 난생 처음 겪어보는 뻘과 바다는 그대로 공포였다. 해는 지고 있었고, 하얗게 떠 있던 낮달이 노랗게 물들고 있었다. 땀을 뻘뻘 흘리며, 한참 만에 방파제에 도착했을 때는 우리 두 사람은 모두 사경을 헤매다 나온 모습이었을 것이다.

거의 기어 나오다시피 밖으로 나오니, 맨 처음 드는 생각이 '살았다'는 것이었다. 걱정되어 나온 외종 사촌 형의 꾸지람 정도야, 뻘에서 맛보았던 고통에 비한다면 차라리 달았다. 기다리고 있던 외사촌 형님이, "괜찮냐?"며 내 등을 만졌다. "워메!"나도 모르게 비명이 나왔다. 한나절 동안 바닷가 땡볕에 달구어진 등짝이 화상을 입은 것이다. 외사촌 형님의 거친 손이 수천 개의 면도날 같았다.

발바닥으로 땅을 디딜 수 없어서 발뒤꿈치로 걸었다. 불과 20여 미터쯤 될 외가까지의 길은 머나먼 고행의 길 같았다. 비로소 외갓집 우물가에 당도해서야 한숨이 나왔다.

물로 씻고 나니, 상처 부위는 생각보다 길고 깊었다. 날카로운 무언가에 베인 것이었다. 외사촌 형님은 석화(굴) 껍질을 밟아서 그렇게 된 것이라고 설명해 주었다. 뭐하러 그렇게 깊은 곳까지 갔냐고 물어서, 해수욕을 하기 위해서였다고 하였더니, 외가 식구들 전체가 웃었다. 그곳은 해수욕을 하는 곳이 아니라는 말도 덧붙였다. 우리가 들어갔던 곳은 해수욕장이 아니라 굴밭이었던 것이다.

상처에 소주를 붓고 나서 참기름을 발랐다. 이모와 약속했던 '하룻밤만 자고 갈 것이다.' 는 약속은 발의 상처가 너무 깊어서 지킬 수 없었다. 상처 부위에 고름이 차서, 허물이 벗겨진 후에야 겨우 집으로 돌아올 수가 있었던, 그해 여름은 길고도 길었다.

눈 오는 날, 낭만을 찾아서

눈이 내립니다. 세상의 모든 것들이 각자였는데, 눈 속에서 하나가 됩니다. 시간도 하나가 되어 과거와 현재의 구분이 사라집니다. 나는 눈을 통해 소년이었던 나를 만나고, 청년이었던 나와 손을 잡고 추억 속으로 여행을 떠납니다.

고등학교 졸업을 앞두고 있었던 겨울이었습니다. 눈이 참 많이도 온 날이었습니다. 당시 우리 집엔 항상 친구들로 북적거렸는데, 그날도 놀러온 친구 둘과 함께 있었습니다. 늘 그랬던 것처럼 우리는 고구마를 깎아 먹고, 어머니가 고방 깊숙이 숨겨 놓은 홍시를 꺼내 먹었을 것입니다. 눈은 내리고 날은 추웠지만, 방 안에만 갇혀 있기에는 아까웠습니다.

"야! 우리 재 너머까지 걸어갔다가 오자!"

문득 내가 제안을 하자, 한 친구가 고개를 살래살래 저었습니다.

"이렇게 추운데, 어디 간다는 거냐?"

"너는 자식아! 낭만도 모르냐? 이럴 때 아니면, 언제 우리가 재 너머까지 걸어가 보기나 하겠냐?"

나와 다른 친구 하나의 낭만타령에 결국 고개를 저었던 친구도 합류를 했습니다. 그렇게 우리는 낭만을 찾아 눈발 속으로 길을 떠났습니다. 도로에는 눈이 많이 쌓여 다니는 차가 거의 없었습니다. 우리는 노래를 부르며, 히득거리며 눈을 헤치고 낭만을 찾아 갔습니다.

하지만 2㎞쯤 가자 벌써 발이 얼어붙었습니다. 때맞춰 산모퉁이를 돌아서 버스 한 대가 내려오고 있었습니다. 그러자 처음부터 나오지 않으려 했던 친구가 너무 추우니, 집으로 돌아가자고 하였습니다. 하지만 나와 다른 친구는 또 낭만을 들먹이며, 처음 생각했던 재 너머까지 가자고 하였습니다. 의견이 갈렸습니다. 집으로 가자는 친구는 도저히 더는 못 가겠다며, 버스를 기다리고 섰습니다. 눈이 하도 내려서 다음 버스가 오리라는 보장도 없었습니다.

"너, 여기서 돌아갈 거라면, 평생 얼굴 보지 말고 살자!"

결국 집으로 돌아가려 했던 친구는 나와 다른 친구의 협박에 가까운 설득을 이기지는 못했습니다. 우리 셋은 다시 길을 걸었습니다. 재를 오르는 길은 험한데다가 너무 미끄러웠습니다. 바람은 더 거세졌습니다. 몹시 추웠습니다. 낭만도 뭣도 없었습니다. 그저 고행의 길이었습니다. 덜덜 떨면서 겨우 걸음을 옮겼습니다. 입을 열어 말을 하는 사람도 없었습니다. 우리는 겨우 재를 넘었고, 몇 시간을 걸었는지 모릅니다. 마침내 면소재지에 닿았습니다.

"너, 얼마 있냐?"

나는 다짜고짜 집으로 가려 했던 친구에게 물었습니다. 친구는 주머니에서 동전을 꺼냈습니다. 하지만 친구의 손에 놓인 액수는 세 사람의 차비로는 부족 했습니다.

"야, 우리 이 돈으로 풀빵이나 하나씩 먹고, 그냥 걸어서 돌아가자!"

친구는 무척 억울한 표정을 지었습니다.

"그럼, 누구를 걸어오라고 할래? 너 혼자 남아서 걸어온다면, 우리 둘이 버스 타고 가고, …….."

사실 돈을 가지고 있었던 그 친구에게 무리한 요구를 한 셈입니다. 하지만 그때의 우리에게는 개인의 소유권보다는 우정이 더 소중했습니다. 결국 친구는 자신의 주머니를 탈탈 털어 세 사람이 먹을 호빵을 샀습니다.

호빵은 따뜻했고, 가게 안의 갈탄 난로는 잠시나마 우리의 언 몸을 녹여 주었습니다. 하지만 시간은 잘도 흘러서 오후 세 시가 지났습니다. 서둘러 간다 하더라도 해 지기 전에 집으로 돌아가기는 쉽지 않을 것 같았습니다.

한 친구가 서둘렀습니다. 차비를 털어 호빵을 샀던 친구였습니다. 친구는 해 떨어지면 큰일이라며, 가장 먼저 가게에서 나와 마을 쪽으로 걸어갔습니다. 하지만 그 친구의 표정은 밝지 않았습니다. 어쩌면 호빵 사는 데 돈을 다 털어서 화가 난 것인지도 모릅니다. 같이 가자고 몇 번이나 불렀지만, 대답을 하지 않고,

마냥 걷기만 했습니다. 씩씩거리며 나갔던 친구는 저만큼 멀어졌습니다.

남은 친구와 나도 서둘러 가게에서 나왔습니다. 다시 돌아갈 길이 까마득히 멀어 보였습니다. 젖은 옷에 젖은 신발에 몸은 금세 꽁꽁 얼었습니다. 다시 바람이 거세게 불고, 우리는 바람을 등지며 걸어야 했기에 어떨 때는 뒷걸음을 쳐야 했습니다.

그때였습니다. 먼 데서 버스 한 대가 나타났습니다. 하지만 차비가 없었던 우리에게 그 버스는 그림 속의 것과 같았습니다. 호빵을 먹지 않았다면, 운전수에게 사정을 해서라도 버스를 탈 것인데, 우리에게는 이미 그 가능성이 지워진 뒤였습니다. 그런데 친구가 걸음을 멈추었습니다.

"야! 우리, 버스 타고 갈까?"

친구가 말했습니다.

"있냐?"

묻는 내 말에 친구는 빙그레 웃었습니다. 그리고 주머니에서 꼬깃꼬깃한 지폐를 내밀었습니다. 그 돈이면 우리 셋의 버스 요금으로 충분했습니다. 우리는 앞서 걸어가고 있던 친구를 불렀습니다. 하지만 그 친구는 한참 멀리 있었고, 우리의 소리가 바람소리에 묻혀서인지, 뒤도 돌아보지 않았습니다. 결국 버스에는 나와 다른 친구 하나만 타게 되었습니다.

우리를 태운 버스는 천천히 움직였습니다. 물론 앞장서 돌아가고 있었던 그 친구의 곁도 스쳐갔습니다. 우리는 친구를 타게 할까 하다가 장난기가 발동해서 그냥 가기로 하였습니다. 우리는 버스에 숨은 채로, 걷고 있는 친구의 모습을 보았습니다. 친구의 표정은 마지막 희망의 끈을 놓치고, 그 끈이 멀어져가는 것을 바라보는 사람의 그것이었습니다.

집으로 돌아온 우리는 눈길을 걸어오고 있을 친구가 걱정이 되었지만 마중을 나갈 수는 없었습니다. 그래서 각자의 집에 박혀 있기로 하였습니다. 우리가 버스 타고 온 것을 안다면 무척 화를 낼 것이 빤했습니다.

다음 날이 되어서야 우리는 그 친구의 집으로 갔습니다. 친구는 감기에 걸려 심하게 앓고 있었습니다. 몇 시에 왔냐고 물으니, 저녁 일곱 시쯤에 왔다고 하였습니다. 우리는 일곱 시 반쯤에 왔노라고 거짓말을 하였습니다.

그러다 며칠 뒤, 다시 눈이 내리던 날, 여전히 자리에 누워 있었던 그 친구에게 그날의 일을 말했습니다. 친구는 어이가 없어서 입이 벌어진 채로 표정이 굳었습니다. 그러다 친구는 한참 만에 말을 했습니다.

"낭만은 무슨, 얼어 죽을 낭만이냐? 너희는 앞으로 내 앞에서 낭만을 말할 자격이 없어. 낭만도 반밖에 모르는 놈들이……."

그 후 우리는 그 친구 앞에서는 낭만이라는 말을 사용하지 않았습니다. 그리고 20년여의 세월이 흘렀습니다. 여전히 나는 낭만에 대해서는 절반밖에 모릅니다. 하지만 이제는 그날의 추억이 낭만이었노라고, 낭만을 다 알고 있는 그 친구에게 가만히 말 건네고 싶습니다.

태흠아 놀자

'님이라는 글자에 점 하나를 더 하면' 이라는 식으로 시작되는 노래가 있다. 녀석의 이름은 내 이름에 점 하나를 더하면 되는 이태흠이었다. 초등학교부터 고등학교까지 함께 다녔던 녀석을 나는 맞수라고 생각해보지 않았다.

우리 마을에서 초등학교에 같이 입학한 아이들은 모두 열 명이었고, 그중 여섯 명이 남자 아이들이었다. 한 학년의 남자아이들 수가 30명도 되지 않는 시골 학교에 우리 마을 아이들만 여섯이었다. 아이들의 이름도 비슷했다. 우리 마을을 비롯한 인근의 몇 마을이 인천 이씨 집성촌이었던지라, 같은 학년에 이 씨만 스물다섯이 넘었고, 그중 절반은 돌림자가 '흠' 자였다.

마을에서 놀 때 우리는 셋씩 편을 갈라 놀았다. 녀석은 나와 모든 부분에서 맞수가 되어야 했다. 야구를 할 때에도 그랬고, 돼지 오줌보나 실 꾸러미를 가지고 축구를 할 때도 마찬가지였다. 녀석과 내가 비슷하게 작았기에 우리는 한 번도 같은 편이 되지 않았다.

나의 하루는 '태흠아 놀자.'로 시작되었다. 팽이치기는 녀석이 잘했고, 구슬치기는 내가 잘했다. 구슬치기가 시들해지고, 그림 딱지놀이가 유행하게 되었다. 그런데 나는 그림 딱지를 살 돈이 없었다. 딱지를 바닥에 놓고 손바닥으로 쳐서 뒤집는 놀이였는데, 나는 그 놀이에 끼어 보지도 못했다.

그러나 나에게도 행운이 왔다. 학교를 마치고 오 리쯤 되는 길을 걸어 집으로 오는데, 바닥에 떨어진 그림 딱지 하나가 눈에 띄었다. 나는 뛸 듯이 기뻤다. 한 장의 그림 딱지만 있으면 되는 것이었다. 나는 그것을 가지고 바로 시합을 하자고 하지는 않았다.

저녁이 되었을 때, 나는 밤을 새워 딱지 뒤집기를 연습하였다. 처음에는 잘 되지 않았지만, 나중에는 한 번에 뒤집어졌다. 손바닥이 시뻘개졌음은 물론이다. 나는 빨리 아침이 오기를 기다렸다. 그리고 아침이 되었을 때는 빨리 하교 시간이 되기를 기다렸다. 그리고 집으로 왔을 때는 녀석이 어디 가기 전에 부르기 위해, 가방을 마루에 던져두기 바쁘게 담장으로 갔다.

"태흠아, 놀자."

"뭐하고야?"

"그림 빠이(딱지) 치기 하자!"

"니가 빠이 있냐?"

"있어야."

"알었다. 사장거리에서 보자."

그렇게 녀석과 정자나무 아래에서 마주 앉았다. 녀석은 내게 있는 딱지를 보여 달라고 했다. 나는 호주머니 깊숙이 들어 있는 딱지를 꺼냈다.

"에이, 헝(헌) 거구마."

"그래도 그림도 보여야. 딱 한 번만 해 주라."

그렇게 사정해서 하게 된 놀이였다. 녀석은 그날 주머니에 담아 온 딱지를 다 잃고, 결국 집에서 더 가져온 딱지까지 잃어야 했다.

한때 우리는 손으로 장난감을 만들었는데, 그것도 일종의 시합이었다. 칼이나 활, 팽이 같은 것은 내가 더 잘 만들었다. 그런데 녀석이 우산대를 총열로 삼은 총을 가지고 나오면서 나는 더 이상 장난감을 만들지 않았다.

녀석과 나는 계속 함께였다. 심지어는 고등학교 때 자취를 할 때에도 한 집에서 하였다. 고등학교에 다닐 때 나는 시를 써서 어떤 잡지에 응모를 했는데, 그 잡지에 운 좋게 뽑혀서 글이 실렸다. 그런데 그 잡지책은 우리 집이 아니라, 녀석의 집으로 배달되었다. 우체부도 점 하나의 차이를 몰랐던 것이다.

우리가 달라진 것은 고등학교를 졸업할 무렵이었다. 녀석의 키가 갑자기 커졌다. 겨울 한 철에 10센티쯤 자란 것이다. 녀석은 나보다 높은 눈을 가지게 되었고, 나는 그대로였다. 그렇게 20여 년이 흘렀다. 그때 커버린 녀석은 대기업에 다니며 안정된 생활을 하고 있고, 잘못 배달된 잡지에 이름만 올렸던 나는 여전히 잘못 배달 될 수도 있는 잡지 같은 데에 글을 쓰며 살고 있다.

꿈의 나이, 문맥의 시절

- 장흥고 "문맥"

벌써 20년이 더 되었다. 마음은 그 시절에 있는데, 세월만 흘렀다. 고등학교 때 이야기를 하려 한다. 나는 고등학교에 다닐 때, '문맥' 이라는 동아리에서 활동하였다. 아니 그 동아리를 만든 주체였다. '문맥' 은 장흥 문학의 맥을 잇자고, 결성된 모임이었다.

'문맥' 은 1984년 처음으로 결성되었고, 당시 고등학교 2학년생이었던 나와 동기들이 1기였다. 문학 모임이 하나도 없었던 때에 학생들이 자발적으로 모여 모임을 만든 것이었다. 처음 출발은 10명 안쪽이었다. 우리는 학년별로 기수를 정했다. 1기가 일곱이었고, 2기가 둘이었다. 이후 후배를 꾸준히 받아들여 1기가 고3이 되었던 1985년에는 20여 명이 회원으로 활동하였다.

'문맥' 에 대한 이야기를 하려면 아무래도 개인적인 이야기부터 해야 할 것 같다. 어려서부터 나는 글을 쓰고 싶었다. 초등학교 6학년 때 장래 희망을 적으라는 선생님의 말씀에 나는 '시인'

과 '농부'를 적어 냈다. 그렇다고 내가 글짓기를 잘한 것은 아니었다. 나는 고등학교 2학년이 되기 전까지는 글을 써서 상을 받은 적이 없었다. 최우수상은 언감생심이었고, 그 흔한 장려상도 받지 못했다. 그렇다고 기대조차 안했다는 것은 아니다. 글을 쓸 때마다 상을 받고 싶었는데, 한 번도 바람이 이루어지지 않았던 것이다. 그런 내게 기적 같은 일이 벌어졌다. 글을 써서 상을 받게 된 것이었다.

1984년 어느 날이었다. 월요일 아침 조회 시간이었는데, 글짓기 수상자를 호명하고 있었다. 나는 '장려상이라도 받을 수 있지 않을까?' 하면서 가슴을 졸였지만, 내 이름은 불리지 않았다. 그 다음은 우수상 수상자를 호명했다. 그때까지도 약간의 기대를 가졌다. 하지만 우수상 수상자 두 명 중에도 내 이름은 없었다. 최우수상은 빤했다. 어느 학교나 최우수상을 번갈아 타가는 학생들이 있게 마련이다. 교내 백일장을 독식하다시피 하였던 아이들이 있었다.

"이제 최우수상 수상자를 발표하겠습니다."

사회를 맡고 있는 선생의 말이 있기 전에 나는 포기했다. '장려상이라면 몰라도 최우수상은 어림없지.' 나는 딴생각을 하고 있었다. 신발을 구겨 신고 다리를 삐딱하게 하고 서 있었다. 그런데 옆에 선 아이가 나를 쿡 찔렀다. 나는 그때서야 정신을 차렸다. 앰프에서 내 이름이 흘러나오고 있었다.

"이대흠 학생 앞으로 나오세요."

쩌렁쩌렁 내 이름이 흘러나오자, 나는 얼굴이 붉어졌다. 믿기지 않았다. 그래서 엉거주춤 단상으로 나갔다. 그런데 단상에 오르다가 그만 미끄러져 버렸다. 눈물이 앞을 가려 계단을 잘 보지 못한 것이었다. 뒤에서는 아이들의 웃음소리가 들렸다. '내가 최우수상을 받다니!' 나는 단상 앞에 서서도 믿을 수가 없었다. 비가 내리고 있었다. 글감은 6·25였다. 글을 써서 처음으로 받은 상이 최우수상이었던 것이다. 그 상이 내 인생을 바꿨다. 그러므로 나는 6·25로 인해 인생이 바뀐 최후 세대가 아닌가 싶다.

상을 받은 후 나는 많은 아이들을 알게 되었다. 먼저 사촌인 유병두를 만났다. 아니 처음 만난 것이 아니라, 그와 처음으로 글에 대한 이야기를 하였다. 그는 당시 유명한 학생 문사였다. 그가 쓴 산문은 미문이어서 국어선생님이 수업시간에 읽어줄 정도였다. 그를 통해 나는 한 사람씩 알아가게 되었다.

중학교 때부터 글로 이름을 날렸던 친구들이 있었다. 산문에서 최우수상을 독점하였던 변창섭과 랭보의 시를 좋아했던 곽남섭이 있었다. 이들은 장흥중학교와 장흥고등학교를 나와 함께 다녔다. 유병두와 나는 시에 대해 이야기하고, 소설에 대해 이야기했다. 나는 주로 듣는 쪽이었다. 그리고 서로의 작품을 교환해 읽었다. 그는 고등학생이었지만, 보기 드물게 음성상징어의 사용에 능숙했다. 지금 읽어보아도 그럴듯한 수준의 글을 그는 이미 쓰고 있었다.

새롭게 만난 친구도 있었는데, 변창섭과 위채환이었다. 모임에 대한 제안을 한 것은 나였다. 하룻강아지 범 무서운 줄 몰랐던 것이다. 그렇게 하나둘 모이기 시작했다. 유병두, 변창섭, 위채환, 김동술, 이대흠이 참여하여 처음으로 모임이 만들어졌다. 천재성이 있었던 곽남섭은 모임에 대해 회의적이었다. 본인의 고사로 그는 함께하지 못했다. 후배들 중에서도 몇 사람을 만났다. 김학규와 문정희가 그들이었다.

그리고 1984년 12월 4일 첫 모임을 가졌다. 우리는 회장도 뽑고 부회장도 뽑았다. 아니 모임의 이름을 먼저 정했다. 모임의 이름은 '문맥'이었다. 이름을 제안한 것은 변창섭이었다. 그는 말이 별로 없었는데, 대뜸 칠판에 '文脈'이라고 적었다. 많은 이름이 거론되었지만, 창섭이가 칠판에 써 둔 '文脈'에 견줄 수는 없었다. 그것이 한자였다는 게 큰 힘이 되었던 것 같기도 하고, 변창섭의 이름에 주눅 들었던 것도 같다. 그는 당시 전라도를 대표하는 학생 문사였다. 회장에는 변창섭이 선출되었고, 부회장에는 유병두와 김학규가 선출되었다. 나는 편집국장이 되었다.

12월 4일, 그날은 진눈깨비가 내렸다. 큰 눈은 아니었다. 우린 고등학교 2학년이었다. 선배들도 없이 고교 2학년이 새로운 모임을 만든 것은 일종의 모험이었다. 우린 들떠 있었다. 눈이라도 펑펑 쏟아졌으면 좋겠다고 생각했다. 하지만 하루해가 저물 때까지 진눈깨비만 내렸다.

시련도 따랐다. '문맥'의 출현을 새로운 폭력모임의 탄생으로 보는 시각도 있었다. 그에 따라 몇 번의 활극(?)도 있었다. 가죽

장갑 끼고 남산에 오르는 일이 몇 번 있었다.

하지만 우리는 문학 모임이었다. 모임이 만들어짐과 동시에 동인지를 내기로 했다. 작품 모으는 것은 순조로웠다. 문제는 제작이었다. 우리는 학교 등사실로 찾아갔다. 그리고 어렵게 등사실에 근무하였던 형을 설득하였다. 등사용 필름과 종이를 사와야 하고, 직접 철필 글씨를 써오면 인쇄를 도와주겠다고 하였다. 우리는 조금씩 거출하여 제작비를 모았다. 인쇄에 필요한 물건들을 사서 모정(장흥고등학교 교정은 모정이라는 동산 위에 있다)까지 들고 올라가는 것이 쉽지는 않았지만, 다들 웃고 있었다.

그리고 각자가 철필 글씨를 썼다. 작업에는 많은 시간이 소요되었지만, 우리는 꿈을 만들어 갔다. 마침내 준비를 마친 우리는 밤에 등사실을 찾았다. 등사실에 근무하는 형과 그렇게 약속한 것이었다. 선생님들의 눈치가 보이기 때문에 낮에는 할 수 없다는 게 이유였다. 우리는 밤을 새워 인쇄를 했다. 인쇄를 마치자 해가 뜨고 있었다. 그러나 일이 끝난 것이 아니었다. 우리는 수업이 끝난 후에 다시 만났다. 100쪽 가까운 인쇄물을 한 덩어리로 묶고, 본드를 칠하고 표지를 씌웠다.

드디어 우리만의 책이 탄생했다. 20여 권 만들었다. 철필로 써서 등사기로 밀어낸 동인지였다. 방학이 되기 전에 나온 동인지는 큰 화제를 불러 일으켰다. 돌려보지 않은 여고생이 거의 없을 정도였다. 변창섭, 유병두, 김동술, 위채환, 이대흠, 김학규,

문정희가 주축이었다.

해가 바뀌고 새로운 사람들이 합류했다. 1기에는 김형민, 이충성, 김영환 등이 추가되었고, 2기에는 김경식, 김구환, 박기현, 위성식 등이 함께했다. 나중에는 권정주, 김상용이 2기에 추가되었다. 당시 전교를 떠들썩하게 하였던 철학자였던 송호삼과 문학평론가이면서 전남대 국문과 교수로 재직하고 있는 장일구는 모임에 들어오지 않았다. 하지만 그들도 문맥 2기 몇몇과 따로 모임을 갖고 문학에의 열정을 불태운 것으로 안다.

새 학년이 시작되고, 1기들은 고3이 되었다. 모임에서는 학교에서 인정받는 동아리가 될 방법을 고민하였다. 그래서 수많은 정보(?)를 수집하는 가운데, 학생의 동아리 활동이 교칙에 어긋나지 않다는 것을 알게 되었다. 그 정보 제공자는 우리를 아껴 주셨던 몇몇 선생님들과 서무과 직원들이었다(그 당시 서무과에 근무하면서 나에게 많은 정보를 주고, 저녁이면 '상아' 에서 팥죽을 사주었던 두 분의 누님께 고마웠다는 인사를 뒤늦게 전한다).

학교에는 많은 모임이 있었지만, 공인된 모임은 보이스카우트 정도였다. 학생들이 주체가 되어 만든 동아리가 인정된 것은 하나도 없었다. 변창섭과 나는 교장 선생님을 만났다. 학교의 인정을 받고 싶다는 말에 교장 선생께서는 난색을 표했다. '하나를 인정하게 되면 다른 모임도 인정할 수밖에 없지 않느냐.' 는 게 선생의 말씀이었다.

우리도 난처했다. '우리는 불량 서클이 아닙니다.' 따위의 말은 씨알도 먹히지 않았다. 고민이 되었다. 그런데 생각해보니, 방법이 있었다.

"선생님. 그러면 지도 교사가 있는 써클만 인정을 하면 되지 않겠습니까. 어느 선생님이 폭력 써클의 지도 교사가 되려 하겠습니까. 그렇게 하면 공인할 만한 모임과 그렇지 않은 모임의 구분이 가능하지 않겠습니까?"

교장 선생은 내 말에 동의를 했다. 그리고 지도교사가 정해지면 공인을 해주겠다고 하였다. 이윽고 지도교사가 정해졌다. 지도교사는 학교에서 정했다. 홍태주 선생이었다.

그리고 '문맥'은 학교에서 공인한 모임이 되었다. 그건 일종의 기적이었다. 학생이 주도해서 만든 모임으로는 학교가 생긴 이래 처음이었을 것이다. 새 학년이 시작되고, 우리는 눈이 반짝반짝한 3기를 뽑았다. 곽동언, 방승조, 백진 등이 그들이었다. 후에 김일안도 합류를 하였다.

어느새 20명 가량이 된 우리는 교지 복간을 생각하였다. 장흥고에서는 송기숙, 한승원, 위선환 선생이 재학 중이었던 시절에 교지가 있었고, 그 후에는 없었다. 중고등학교가 분리되기 이전에만 교지가 있었던 셈이다. 우연히 장흥중고의 교지인 '억불'을 보게 된 우리는 또 교장 선생을 찾아갔다. 교장실에 들어간 것은 변창섭과 나였다.

“다른 학교에는 다 있는 교지가 우리는 왜 없는 것입니까?”

학생들의 당돌한 질문에 교장 선생은 난색을 표했다. 제정이 어렵다는 것이었다. 이야기는 한참 동안 계속되었다.

“교지가 어렵다면 저희들 문집 발행 비용을 도와주십시오.”

하지만 돌아오는 대답은 역시 ‘어렵다’였다. 그런데 우리의 계획도 상당히 치밀했다. 우리는 단계별 요구 사항을 준비하고 있었던 것이다.

“학교에 시설 보수비용이라는 것이 있는데, 그 쓰임이 모호한 것 같습니다. 학생이 유리창을 깨거나 의자 등이 부서졌을 경우, 학교에서 그 비용을 감당해야 하는데, 실제적으로는 학생이 부담하게 하지 않습니까?”

이런 얘기가 가능했던 것은, 우리를 지원하고 있었던 선생들과 서무과 누님들 덕분이었다. 우리는 학교시설유지보수 비용에 백만 원가량이 책정되어 있다는 것을 알고 있었던 것이다. 지금은 바뀌었을지 모르지만, 당시에는 그런 비용이 책정되어 있었다. 그래서 학생들이 실수로 파손한 시설물을 공금으로 보수하게 되어 있었던 것이다.

교장 선생은 얼굴이 붉어졌다. 하지만 학생들 편에서 생각하려 했던 것이 틀림없다. 선생께서는 어린 학생들의 이야기에 귀를 기울였다. 그 결과 교장 선생은 문집 발행 비용으로 연 50만 원을 지원해 주마고 하였다. 거기다가 문집을 발행할 때 학교 등사실을 이용해도 좋다는 허락까지 하였다.

교장 선생으로부터 많은 것을 얻어낸 우리는 의기양양하게 교장실 문을 박차고 나왔다. 하지만 기세등등한 우리가 받은 첫 선물은 관중들의 환호가 아니라, 지도교사의 매였다.

"야, 이놈들아. 지도교사는 허울이냐? 너희들이 뭔데, 선생님에게 상의도 없이 교장실을 들락거려?"

선생께서는 당연히 화가 났을 것이다. 하지만 우리는 매를 맞으면서도 속으로는 웃고 있었다. 그리고 엉덩이에 단단히 불이 붙었지만, 얼굴에는 꽃을 달았다.

교장 선생과의 면담결과를 접한 동인들은 축제 분위기였다. 우리는 수시로 모이고, 서로의 작품을 탐독하였다. 그것은 결과로 이어졌다. 당시 〈광주일보〉라는 신문에는 학생 문예란이 있었다. 거기에는 학생들이 투고한 시와 산문을 실어 주었는데, 우리 모임에 속해 있던 아이들의 작품이 심심치 않게 실렸다.

그리고 우리는 새로운 문집을 발행하게 되었다. 그렇게 해서, 정식으로, 낮에, 학교 등사실을 들락거리며 만든 것이 『문맥 2집』이었다. 2집 발행에 애썼던 것은 김학규와 문정희였다. 특히 문정희는 「설녀」라는 제목의 소설까지 실은 것으로 기억된다(이건 기억에 의존한 것이므로 제목이 다를 수도 있다). 2집이 발행된 후 회원 중 몇몇은 기성 문인과 일반인들로 구성된 문학단체의 가입 제안을 받았다. 그 단체는 지금도 명맥이 유지되고 있는 문학회이다. 하지만 우리는 다른 모임에 참여할 의사가 없었다.

끓었던 청춘 시절이었던지라, 예기치 못한 일도 벌어졌다. 여름방학이 되어 시골집에 잠시 다녀온 나는 뜻밖의 편지 한 통을 받게 되었다. 그 편지는 수신인 주소부터가 특이했다.

장흥여중학교 정문에서 두 번째 있는 오른쪽 골목길 다섯 번째 집 녹색 대문 이대흠

정확하지는 않지만, 이와 유사한 내용이었다. 주소를 행정구역상의 명칭이 아니고도 이렇게 적확하게 표기한 예를 나는 다시 보지 못했다. 발신인은 문정희였다.

그런데 받아 든 편지의 내용물이 없었다. 봉투만 배달된 편지였던 것이다. 문정희가 누구던가. 소월의 시풍과 닮은 데가 있는 그의 시는 유행과는 거리가 먼 근본적인 아름다움이 있었다. 그런 그의 편지라서 조심해서 봉투를 뜯었다. 봉투 안쪽에 깨알 같은 글씨로 써진 편지를 읽었다. 겉은 봉투고 안은 편지지인 편지를 처음으로 읽은 것이다. 내용은 비장했다. 견딜 수 없어서 떠난다는 것이었다.

그 편지를 받고 김학규와 김경식 등을 만나 밤 새워 이야기를 나누었다. 울었던 것도 같다. 편지를 여러 번 읽었지만, 정확한

내용 파악은 어려웠다. 죽는다는 내용 같기도 했지만, 단정할 수는 없었다. 내용의 의미는 방학이 끝나고서야 밝혀졌다. 그가 머리를 깎은 것이었다.

문정희와의 인연을 잠깐 얘기해야겠다. 1년 후배이기는 하지만 김학규와 문정희와 김경식은 친구처럼 지냈다. 문정희는 숨겨진 문사였다. 그는 학교 내의 글짓기에는 잘 응모하지 않았다. 응모를 하면 백이면 백, 상을 받았을 것이지만, 그것을 꺼려하는 것 같았다. 그를 추천한 것은 그의 동기인 김학규였다. 당시 김학규는 내로라하는 학생 문사였다. 그의 낭만성과 감수성은 빼어난 것이었다. 그런 그가 문정희를 추천한 것이었다, 자기보다 빼어난 사람이라면서. 나는 문정희의 글을 보고 단번에 받아들였다. 반대도 있었다. 공식적인 수상 경력도 없는 후배를 회원으로 받아들이는 게 껄끄럽다는 것이었다. 나는 그런 얘기를 일거에 묵살시켰다.

"나도 처음으로 상 받은 게 얼마 전이거든!"

친구들은 내 말에 동의했고, 2기의 첫 동인으로 김학규, 문정희가 활동하게 된 것이었다.

문정희는 말이 별로 없었다. 어느 날 그가 라디오를 들고 나왔다. 탐진강변을 산책할 때였다. 뜬금없이 라디오를 꺼낸 그가 라디오를 틀었다. 어려운 처지의 사람이 보낸 사연이었다. 장애인인 주인공이 처한 현실은 가슴을 답답하게 했다. 그런데 사연을 보낸 사람이 장흥 사람이었다. 나는 나와 가까운 곳에 그렇게 어렵게 살고 있는 사람이 있다는 것이 가슴 아팠다. 장애인인 주인공에게는 여러 악재가 거듭 닥쳤다. 사연을 듣고 나자 내 눈에는 눈물이 흐르고 있었다. 하지만 반전이 있었다. 방송이 끝나자 문정희가 말했다.

"형, 괜찮아요?"
"뭐가?"
"저거 내가 쓴 거예요."
"……."

할 말이 없었다. 이야기 속의 주인공은 신체장애로 죽음의 고비를 넘고 있었다. 나는 황당했다. 그가 소설을 쓴 것이었다. 그는 그 일을 아르바이트로 하고 있노라고 하였다. 용돈 한 푼 받을 수 없는 집안 형편 때문에 거짓 사연을 보냈던 것이다. 그는 일주일에 한 번 정도 상품을 탔다. 그것으로 그는 참고서도 사고 반찬도 샀다. 가지고 있었던 라디오도 사은품이라고 하였다. 그래서인지 그는 여유가 있어 보였다. 그 여유로 결국 스님이 되었다. 그는 고등학교 2학년이었고, 출가한 절은 법주사였다. 법명이 '각종(覺鐘)' 이라는 것은 뒤에 알았다. 그가 걸어서 그 절에 이르렀다는 것도 후에 들었다.

그와 다시 소통이 된 것은 5년쯤 지나서였다. 나는 군대에 있었는데, 작전병이었다. 내가 일직을 서던 날이었다. 문득 전화가 왔다. 술 취한 목소리의 군종병이 전화를 한 것이었다. 그는 원주에 있었고, 나는 춘천에 있었다. 그날 많은 대화를 했다. 나의 힘듦을 일거에 지워버리는 힘듦이 그에게는 있었다. 제대하고 나서도 그를 만난 적이 있었다. 포장마차에서였다. 인사동에서 만난 우리는 밤새워 술을 마셨다. 그리고 새벽에 그는 훌쩍 떠났다. 그 후로는 그의 얼굴을 보지 못했다. 인연은 흐르는 것이다. 회자정리(會者定離) 거자필반(去者必反)이라는 말도 있다.

1985년 여름방학에 문정희는 절로 가고, 다들 맥이 좀 빠졌다. 하지만 우리는 더 많은 회원을 받아들이고, 시화전을 준비했다. 1985년 당시의 회원은 20명 가량 되었다. 1기에는 김동술, 유병두, 변창섭, 위채환, 이충성, 김영환, 김형민, 이대흠이 있었고, 2기에는 김구환, 박기현, 김경식, 김학규, 위성식, 권정주, 김상용, 박정식 등이 있었다. 그리고 3기에는 곽동언, 방승조, 백진, 이일안 등이 활동했다.

시화전을 주도한 것은 2기였지만, 수능 준비로 바쁜 나날을 보냈던 1기들도 적극적이었다. 먼저 계획을 잡았다. 생각보다 많은 비용이 필요했다. 또한 그림을 그리고 글씨를 써야 하는 것도 부담이었다. 우리는 그림 그리는 모임인 '보엠' 에 시화전을 함께하자고 하였다. 오랜 설득 끝에 '보엠' 측에서도 흔쾌히 동의하였다.

'보엠' 은 졸업생과 재학생이 함께 활동하는 모임이었다. 박진화, 손영안, 최연택, 이성일, 마문호, 조연희, 김명조, 김경학, 송대성, 위훈, 김정, 위성웅, 김오중 등은 이미 졸업하여 대학에 다니고 있거나 화가로 활동하는 선배들이었고, 안승주, 안철완, 변대섭, 이창주, 김광표 등은 재학 중이었다.

보엠의 협조는 적극적이었다. 우리는 각자의 작품 두 편씩을 제출했고, '보엠' 회원들은 그 작품을 가지고 그림을 그리고 글씨를 썼다. 우리는 표제시도 썼다. 초안은 김학규가 잡았고, 제목은 내가 붙였다. 퇴고는 함께했다. '가자 아이야' 라는 제목의 시였는데, 꿈을 가지고 앞으로 나아가자는 내용이었다. 그 작품의 시화는 김명조 형이 해주었다. 시보다는 그림이 훨씬 좋았던 것으로 기억된다. 이후 '가자 아이야' 는 문맥을 상징하는 시가 되었다. 해마다 같은 제목의 연작시를 쓴 것이다. 후배들은 시화전을 할 때마다 동일 제목의 시를 쓰고, 시화를 만들었다.

'김사진관' 에서 열었던 1회 시화전은 성공적이었다. 매일 백 명 이상이 들러 구경을 하였다. 마지막 날에는 300명쯤 온 것으로 기억된다. 시화전의 호응에 반가워한 것은 우리들만이 아니었다. 학교에서의 반응도 예상보다 좋았다. 그래서 애초의 전시장이었던 '김사진관' 에서의 시화전을 마치고, 그 작품들은 그대로 학교로 옮겨졌다. 교무실을 중심으로 긴 복도에 우리들의 작품 50편 가량이 다시 전시되었다. 기간도 꽤 길었던 것 같다.

이어 『문맥 3집』이 발행되었다. 학교의 지원을 받았으니, 발행비용도 걱정이 없었다. 3집은 발행부수도 늘렸다. 130부 가량을 제작하였을 것이다. 그리고 학생만 참여한 것이 아니라, 시를 쓰거나 산문을 썼던 교사 분들의 참여도 있었다. 손홍기 선생의 빼어난 산문과 이정민 선생의 지적인 시는 작품집의 수준을 높여 주었다.

그렇게 고교 시절이 다 지나갔다. 나는 졸업을 하였고, 이따금 후배들을 만났다. 후배들을 만나서 해주는 일이라고는 자장면이나 사주는 것이었다. 그런데 다행인 것은 후배들에게는 선배들을 능가하는 능력이 있었다. 당시 민주화 운동의 바람이 일었는데, '문맥' 도 거기서 빠지지 않았다. 1989년에, 고등학교 학생들의 학내민주화 시위가 처음으로 일어난 것이 장흥고였다. 그 중심에 문맥이 있었다. 그래서인지 후배 회원들의 글은 매우 현실 참여적이었다. 어떨 때는 시화전에 실린 작품을 본 선생들의 제지로 시화전 계획에 차질이 빚어지기도 했다.

그리고 4기들이 고3이 되었던 해에 '문맥' 회원들과 학생들이 바라던 일 하나가 이루어졌다. 교지가 다시 나오게 된 것이었다. 박진성이 편집부장이었다. 교지는 재창간이었던만큼 제목도 바뀌었다. 오래전 선배들이 낸 교지가 『억불』이었는데, 새로 나온 교지는 『제암』이었다. 결국 '문맥' 이 교지 발행을 이끌어낸 것이었다. 나는 몇 해 뒤에 그 책을 보았다. 표지를 넘기자, '문맥' 의 상징시가 실려 있었다. 「가자 아이야 7」이었던 것 같다. 4기 회원들은 박진성, 김일신, 박계윤, 곽동규, 마재왕 등이었다. 그들은 문맥 회원임과 동시에 교지 편집위원이었다. 그때는 문맥에서 아예 교지 편집을 도맡았다. 몇 십 년 만에 장흥고에서 교지가 다시 발행되었다는 소식은 당시 서울에 살고 있었던 내 가슴도 뛰게 하였다.

'문맥' 에서 교지 편집권을 가지게 되자, 자연히 회원 가입을 하려는 학생이 많았던 것 같다. 그래서인지는 몰라도 '문맥' 은 특별한 어려움 없이 명맥이 잘 유지되었다. 해마다 10명 가까이 회원을 뽑은 것으로 안다. 그중 기억나는 몇몇의 이름을 거론하면 다음과 같다. 6기에는 노석찬, 김재중, 노형태 등이 있고, 7기에는 마재섭, 문창주가 있고, 시인과 기자로 활발하게 활동하고 있는 정상철은 8기였다. 그리고 장흥여고와 장흥고가 합쳐지면서 여자 후배들도 생겼다. 현재 간디학교 교사로 근무하고 있는 추진화와 '문맥' 안에서 자신의 연분을 찾게 된 마미옥 등이 그들이다. 그리고 기억에 남은 10기 이하의 후배로는 이나경이 있다. 문창과 대학원까지 졸업을 한 후배라서 언젠가는 문단에서 만날 것이다.

하지만 학생들이 자발적으로 만들었던 문학 모임인 '문맥' 에 위기가 왔다. 학교 측에서 '교지 편찬 위원' 을 따로 뽑기 시작한 것이었다. 그러자 실권이 사라진 문맥에 가입하려는 학생이 줄었다. 그래서 자연스럽게 교지 편찬 위원회가 주도권을 잡게 되었던 것 같다. 결국 '문맥' 은 15기를 마지막으로 사라진 모임이 되었다. '문맥' 이 사라진 자리에 '교지 편집 위원회' 가 들어섰다. 심정적으로는 그들도 '문맥' 이다.

'문맥' 에서 활동을 하다가 현재 정식으로 문단에 등단한 이는 정상철과 이대흠이 있다. 하지만 여전히 문학에 대한 열정을 불태우고 있는 이들은 많다. 유병두는 지금도 문학회 활동을 하면서 글을 쓰고 있고, 곽동언, 박진성, 김일신, 문창주, 이나경 등은 문예창작과를 나와서 이미 수준급의 작품을 쓰고 있다.

특히 곽동언, 박진성, 김일신은 주목을 해야 할 사람들이다. 곽동언은 대학 재학 중 학내 문학상과 각종 대학 문학상을 휩쓸었다. 박진성과 김일신도 대학 재학 중에는 알아줄 만한 예비 시인이었는데, 어쩌다 지면과 연이 닿지 않았다. 중앙지로 등단할 실력을 갖추고 있고, 습작해 놓은 작품만으로도 괜찮은 시집 한 권을 묶을 만하다. 머지 않아 문단에서 함께할 것으로 생각한다.

그리고 한의사가 된 박계윤이 있는데, 그는 이미 몇 권의 책을 발행하였다. 특히 환자들과의 상담 내용을 사투리로 쓴다는 것이 알려져 중앙지에 이름이 몇 번 오른 적이 있다.

아직도 틈틈이 습작을 하고 있는 사람은 더 많다. 먼저 2기만을 예로 들어보아도 '문맥'의 힘을 짐작할 수 있을 것이다. 김학규의 경우에는 고등학교 시절부터 지금까지 한 번도 시와의 인연을 끊지 않았고, 박기현의 산문은 문장이 탄탄한데다가 해학성이 탁월하다. 또 문화와 관련된 정부 부처에 근무하고 있는 김구환은 문화재에 대한 식견이 높고, 사고가 치밀하여 정밀한 언어 감각을 가지고 있다.

2기 이하의 후배 중에도 몇 사람이 생각난다. 꽃 재배를 하며 농민운동을 하는 노형태는 틈틈이 자신의 생활상과 세상사에 대한 생각을 글로 적고 있다. 그의 글을 읽으면 당대 농촌의 어려움이 눈에 보이는 것 같다.

또 기억나는 이름으로는 김형태라는 후배가 있다. 나는 그가 쓴 게시물의 내용을 약간 바꾸어 시로 발표하기도 하였다(그의 허락을 받았음은 물론이다). 그는 별 생각 없이 게시판에 그 글을 썼을지 모르지만, 그가 쓴 글에는 이미 시가 들어 있었던 것이다. 이 말은 곧 그도 마음만 먹으면 작품을 쓸 수 있다는 의미가 된다. 즉 '문맥' 에는 내가 거론하지 않은 이름 중에서도 작품 활동을 할 만한 사람이 많다는 것이다.

지금도 여전히 문학청년으로 시나 소설을 쓰고 있는 동인들이 있다. 또 내가 모르는 동인 중에도 더 많은 동인들이 문학과 씨름하며 밤을 새기도 할 것이다. '문맥' 은 장흥고 내에서는 전통이 끊긴 모임이 되었지만, 장흥의 문학에서는 건실한 맥을 여전히 잇고 있다. 그리고 그 역할은 더욱 활발해질 것이다. 그것이 '문맥' 에 관심을 가져도 좋을 이유이다.

벌써 20여 년이 지났다. 중년이 된 지금에 와서 보니, 후회되는 점도 없지 않아 있고, 아쉬운 것도 많다. 하지만 분명한 것은, 그 어린 날, 우리는 꿈을 꾸었고, 그 꿈을 공유하였고, 뜨거웠다. 그리고 20여 년 전에 꾸었던 꿈이 서서히 결실을 맺어가고 있다. 나의 바람이 아니더라도 '문맥' 이라는 가지는 더욱 튼실해질 것이다. 그렇다. '문맥' 은 맥이 끊긴 게 아니라, 조금씩 자라고 있는 것이다. 그리고 그 가지로 인해 '장흥 문학' 이라는 큰 나무는 더 우거질 것이다.

아름다운 위반

고등학교 때 문학 동아리를 같이했던 후배들과 인터넷 카페로 소식을 주고받았던 시절이 있었다. 한참 관심이 많을 때는 너도 나도 들어와 소식을 알리고, 자신들이 쓴 글을 올려 합평을 하기도 하였다.

그렇게 카페 활동이 활발할 때였다. 지금은 국어 교사를 하고 있는 후배 하나가 게시판에 글을 올렸다. 나는 우연히 들어가 그의 글을 읽었는데, 읽는 순간 한 편의 시가 그려졌다. 눈 어두운 노인이 버스기사에게 마을 앞으로 길을 돌아가자는 것도 재미있었지만, 기사의 능청스러운 대꾸도 좋았다. 기사가 한마디를 하면, 노인도 지지 않고 대꾸를 하고, 노인의 말끝에는 기사도 기어이 말을 붙인다. 시에는 나오지 않지만, 후배의 글에는 더 많은 말이 있었고, 설명도 있었다.

나는 조심스럽게 후배에게 전화를 하였다. 혹시 그가 직접 시로 쓴다고 하면, 내 계획은 백지가 될 판이었다. "아야, 네가 쓴 글 맛나게 읽었다." 그렇게 말을 꺼냈다. 그러면서 조심스럽게 그 글을 시로 쓸 거냐고 물었다. 후배는 그럴 계획이 없다고 하였다. 그래서 나는 솔직하게 그 글을 바탕으로 시를 쓰고 싶다 하였고, 후배는 흔쾌히 그러라고 하였다. 그때의 기분은 황금 덩어리가 들어 있는 원석을 받은 느낌이었다.

그런데 막상 시로 쓰려고 보니, 쉽지 않았다. 말을 줄여야 하는데, 간결하게 떨어지지가 않았다. 몇 마디 말을 만들어 넣고, 군더더기가 될 만한 것은 지웠다. 몇 줄을 지우고 몇 줄을 새로 넣기를 얼마나 하였는지 모른다. 하지만 발표하기에는 덜 떨어진 데가 많았다. 딱히 어디라고 할 수는 없는데, 구어체로만 쓰다 보니, 어색하게 여겨지는 대목도 있었다.

분명 황금은 들어 있음이 분명한데, 정제 기술이 부족했던 것이다. 주위에 있던 사람들에게 보여주어도, 그들도 무언가 부족한데, 명확히 꼬집어 내지는 못했다. 별 방법이 없어서 나는 이 작품의 초고를 한참 동안 묵혀 두었다. 6개월쯤이나 지났을 것이다. 다시 원고를 꺼내놓고 보니, 무언가 될 것 같은 예감이 들었다. 한참 동안 골똘히 생각을 굴리다가 나는 몇 줄을 과감히 지워 버렸다. 그렇게 지워버리면, 의미 전달이 어려울 것 같았는데, 프린터를 한 후 읽어보니, 깔끔하게 떨어졌다는 느낌이 들었다.

기사 양반! 저짝으로 조깐 돌아서 갑시다

어칠게 그란다요 뻐스가 머 택신지 아요?

아따 늙은이가 물팍이 애링께 그라제

쓰잘데기 읎는 소리 하지 마시오

저번참에 기사는 돌아가듬마는……

그 기사가 미쳤능갑소

노인네가 갈수록 눈이 어둡당께

저번참에도

내가 모셔다 드렸는디

— 이대흠 졸시 「아름다운 위반」

그렇게 쓴 원고를 한 시인에게 보여 주었더니, 박수를 치고 웃으며 빨리 발표를 하라고 하였다. 그러나 나는 이 작품이 그렇게까지 좋다는 생각을 하지 않았다. 그래서 나는 3시집을 낼 때 이 원고를 뺐다. 그리고 다시 묵혀 두었다.

그렇게 묵혀 두고 잊고 있었다. 그러다 다시 새 시집을 묶을 때가 되어 묵힌 원고를 뒤적이다가 다시 이 작품을 만났다. 나는 궁리에 궁리를 하여 약간의 수정을 가했다. 그렇게 해서 이 시는 나의 4번째 시집인 『귀가 서럽다』에서 한 방을 차지할 수 있었다. 그러다보니 발표한 후 10년 만에 거처를 얻어 들어간 작품이 된 것이다.

다시 이 작품을 보니, 전라도 촌뜨기처럼 순박하고 오지다. 그 세월 동안 발효가 잘 되었는지, 이 작품에 대한 반응도 좋은 편이다. 어느 입맛에 끌렸는지, 모 회사의 교과서에도 올랐으니, 이 작품으로 내 손맛도 좀 인정받은 셈이다.

이리 되었으니, 최초의 원작자를 밝히는 게 도리일 것 같다. 지금은 모 고등학교에서 국어를 가르치고 있는, 김형태야. 고맙다.

그때 그곳에서 소년을 버렸다

가난했다. 맹물로 끼니를 건너야 할 만큼 형편이 어려울 때도 있었다. 씨름을 잘 했는데, 첫 판은 거의 이겼지만, 두세 판 되면 어려웠다. 현기증이 일었다. 달리기는 못했다. 혼자 그네에 앉아 있는 시간이 많았다. 아이들이 실 뭉치 공으로 축구를 하는 동안 철봉에 매달려 있거나, 그네에 앉아 있었다. 그네에 앉으면 다 보였다. 어떤 아이도 조연이거나 부속이 아니었다. 그것을 보았다.

약속을 어겼다. 어긴 사람은 선생이었다. 초등학교 1학년 때, 담임이 말했다. 1등을 한 사람에게 2학년이 되면 급장을 맡길 것이라 하였다. 그러나 나의 바람은 이루어지지 않았다. 담임은 바뀌었고, 나는 1등을 하였으나, 급장은 선생들의 입김에 좌지우지 되었다. 2학년을 맡았던 담임은, 다시 약속을 하였다. 1등을 한 사람이 3학년이 되면 급장이 될 것이라고.

나는 공부를 잘 했다. 공부가 쉬웠다. 대개의 내용은 수업 시간에만 듣고도 다 알 수 있었다. 초등학교 2학년 때, 일제고사가 있었다. 전국적으로 치르는 시험이었다. 문제는 어려웠다. 나는 전 과목에서 한 문제만 틀렸다. 2등이라고 하였다. 전국에서 2등을 하였으니, 시골의 그 학교에서 1등을 한 것은 당연한 것이었다. 나는 1등이었다. 그런데 3학년에 올랐어도 급장이 되지 못했다. 다시 담임은 바뀌었고, 새로 온 담임은 유독 내게 관심이 많았다. 잠시라도 한눈을 팔면 분필을 던지고 욕지기로 모욕을 주었다.

그때부터 공부를 안 했다. 연구했다. 원예라는 말이 솔깃했다. 원예반에 들어갔다. 난 그때부터 무언가를 가꾸고 싶었다. 무언가를 심고 가꾸는 것만이 살아있는 것이라고 생각하고 있었다. 그러나 원예 담당 선생은 원예에 대한 이야기를 하지 않았다. 연못에 키운 자라만 잡아먹었다. 그리고 전시해둔 화분에 물만 주라 하였다. 모종을 심었고, 물만 주었다. 국화가 자라고, 장미가 자랐지만, 나는 자라지 못했다.

어긋났다. 수업시간에 밖을 보고 있을 때가 많았다. 유독 나에게 꾸지람을 많이 했던 선생이 다시 담임이 되었다. 공부를 제법 했으나, 처음으로 우등상을 받지 못했다. 월말고사 성적이 한 번도 나보다 좋지 못했던 아이들 몇이 우등상을 받았다. 세상의 쓴맛을 너무 일찍 보았다.

접붙이기를 하였다. 실과 시간에 이론으로 배운 접붙이기는 삶에 대해 새로운 눈을 뜨게 하였다. 같은 고욤나무 뿌리인데, 어떤 감나무 가지를 접붙이느냐에 따라 단감이 열리고, 봉옥시(대봉)가 열린다는 건 신비로운 일이었다. 나무만 접붙일 수 있는 게 아니라, 풀도 접을 붙일 수 있을 것 같았다.

우리 집에서 농사를 지었던 논에는 벼보다 피가 성했다. 피를 캐고, 벼의 줄기를 잘라와 접을 붙였다. 피의 중동을 잘라낸 후, 그 위에 베어온 벼의 줄기를 얹었다. 그리고 한 포기가 된 그것을 비닐로 둘둘 감았다. 그리고 그것을 물이 항상 흐르는 하수구에 심었다. 피의 줄기와 벼 줄기가 닿는 부분이 붙을 것이라 믿었다. 하지만 일주일이 지나자 벼 줄기가 말라갔다.

삶을 완전히 바꾸고 싶었다. 살아온 줄기에 다른 줄기를 이어 붙이고 싶었다. 그러나 현실에서는 그런 행운이 따르지 않았고, 다만 동화 속에서만 왕자와 거지가 서로의 살아온 생을 바꾸어 접붙인 장면이 있었다. 나의 접붙이기는 실패했지만, 이식이나 접목이 필요한 상태였다.

초등학교를 졸업할 때의 꿈이 시인과 농부였다. 왜 장래희망란에 그렇게 적었는지에 대해서는 정확한 기억이 없다. 아는 직업이 농부밖에 없어서 농부라고 적었을 것이고, 시인도 직업 중 하나라고 선생이 가르쳐 주어서 시인이라고 적었을 것이다.

중학교에 갈 형편이 못 되었다. 그래서 아예 농사를 지으려는 생각을 하였다. 나는 낫질을 잘 했고, 모내기도 거의 어른들 수준

만큼 잘 했다. 농사에는 자신이 있었다. 그러나 운이 좋았던지, 큰형이 보일러공이 되어 싱가포르로 간 덕분에 중학교에 진학할 수 있었다.

읍내에 가게 된 것은 새로운 경험이었다. 내가 만난 두 번째의 바깥세상. 중학교에 진학하게 되면서 읍내를 알게 되었다. 처음 버스를 탄 날 심하게 멀미를 하였다. 어지러움 속에 도착한 읍내는 멀었고, 컸다. 사람이 그렇게 많이 모여 먹고 살 수 있다는 게 신기했다.

또 어긋났다. 담임은 신발 장사였고, 신발 자율화가 가져다 준 것은 검은 운동화 대신 흰 운동화를 신어야 하는 것이었다. 신발장의 검은색이 일제히 흰색으로 바뀌었다. 이마가 번쩍이는 군인이 텔레비전에 자꾸 나왔고, 광주에서 5·18이 일어났다. 학교는 휴교 상태였고, 군인들의 뒤를 미국이 봐주고 있다는 말을 들었다. 그때부터 영어책을 보면 구역질이 났다.

지독히 내성적이었다. 마을 어른들을 만나도 고개만 꾸벅거릴 뿐, 인사말을 건네지 못했다. 말을 한다는 것이 부끄러웠다. 한번은 그것 때문에 집안 어른으로부터 심한 꾸지람을 들었다. 고개만 숙인 인사였던지라, 그 어른이 보기에는 인사를 안 한 것이었다. 성격을 바꿀 생각으로 우연히 보게 된 처세술에 관한 책을 읽었다. 그리고 삼국지를 세 번 정도 읽었다. 은밀한 곳이 숲을 이루고, 나는 소년을 화장실에서 버렸다.

관계의 틈, 인연의 꽃밭

오랜만에 고향에서 한 달을 지낸다. 탐진강변을 걸으며 생각을 한다. 나와 맺어졌던 인연들을 하나씩 들추어보며, 살아온 날을 뒤돌아본다. 참 많은 사람을 만났고, 너무 많은 생명을 죽였다. 또한 쌓아 두었더라면 산이 되었을 분량의 음식을 먹었고, 그만큼의 배설물을 낳았다.

그러는 동안에 사람과 사람 사이에서 기쁨을 누리기도 하였고, 상처를 입기도 하였으며, 분노하거나 사랑을 하며 살아왔다. 그 모든 감정은 나와 다른 이와의 관계에서 비롯되었으며, 그 원천은 내게 있었음이 분명하다.

강은 흐르고, 물소리에 때 묻은 귀를 씻으며 생각한다. 세상의 일들은 바람처럼 다가와 바람처럼 사라지는 것임을. 또 생각한다, 내가 선택한 길을 걷다가 만난 바람이므로 내 몸을 스치는 바람이 우연히 불어온 것이 아니라는 것을.

그렇게 많은 사람을 만나고 헤어지는 과정에, 가까이 두고 싶었으나 그러지 못한 경우가 있었고, 아무 도움이 되지 않은 사람을 오래도록 곁에 둔 경우도 있었다. 또 놓치고 싶지 않았던 사람을 놓치게 된 경우도 있었고, 멀리하고 싶은 사람이 놓아주지 않아서 마음고생을 했던 때도 있었다.

허나 좋은 인연이 되었건 그렇지 못한 인연이 되었건, 모든 관계 맺음은 내가 빚은 것에서 비롯되었다는 것을 안다. 그중 잊히지 않는 인연이 몇 있다. 이제는 다들 사이가 멀어졌지만, 그들과 가장 밀착되어 살았던 때가 있었다. 차마 떨어질 리가 없다고 생각했는데, 어쩌지 못해 멀어진 사람들. 그들과 사이가 벌어진 것이 언제였는지, 무엇으로 인한 것인지 알 수가 없다.

다만 처음에는 보이지 않은 충격이 있었을 것이다. 그러다 잔금이 가고, 마침내 벌어진 틈으로 서로를 이어주던 인연의 물기가 조금씩 새나갔을 것이다. 그리고 마침내는 서로를 이을 수 없게끔 벌어졌을 것이다. 그렇게 벌어진 뒤에야 비로소 갈라진 틈의 심각함을 깨달았겠지. 그렇게 소중한 인연을 놓치고 난 후에야 나는 후회를 했을 것이다.

왜 지난날의 어떤 순간에 상대를 더 배려하지 못했을까, 왜 나를 더 낮추어 그의 눈높이로 볼 생각을 못했을까, 하는 따위의 생각을 했을 것이다. 하지만 그런 자성(自省)은 사기에 가까워서 결국에는 내 감정을 또 속였을 것이다.

어떤 때는 멀어지는 인연을 오도카니 생각하며, 내 안의 어둠에 불을 질렀을 때도 있었다. 그러다 보면 그 불길이 나를 다 태울 듯 타올라서 나를 재우지 못해 미칠 것 같은 날도 있었다. 그럼에도 시간은 흐르고, 더 흘러 눈물이 비처럼 차가워질 무렵, 나는 그 불길을 안치고 먼 곳을 바라보게 되었다.

한 번 벌어진 관계의 틈은 더 넓어져서 이제는 하나였던 기억마저도 아득하게 되었을 때, 나는 그 틈을 이어붙일 생각을 버리게 되었다. 깨어진 사금파리를 아무리 잘 붙인들 무언가를 담을 그릇이 될 수 있겠는가. 다만 멀어진 그 틈에 꽃씨 하나 두는 마음을 생각했다. 그대와 나 사이가 멀어질수록 꽃밭이 넓어지는, 그런 꿈을 꾸었다. 그렇게 나는 마음의 꽃씨를 뿌리고, 마음 안의 잡초를 뽑았다.

멀어진 인연이야 멀어진 것이지만, 멀리 있는 그대와 나 사이에 검은 눈물의 강이 흐르는 것보다는 꽃이 피고, 나비가 나는 꽃밭 하나 있다는 것은 커다란 즐거움이었다.

그대와 나 사이에 강이 흐르고, 산과 들이 펼쳐지고, 그곳에서는 꽃이 피고 나비가 난다. 그대와 나 사이에는 하늘빛도 발을 담그고, 공기는 꽃물이 들어 살랑거린다. 그대와 나 사이에 초원이 있어서 마음은 말 떼처럼 그대에게 향한다. 그대와 나 사이에는 드넓은 바다가 있어서 수많은 고기 떼가 헤엄을 치고, 미역이나 톳이나 다시마는 세상에서 가장 부드러운 숨결로 우리의 마음을 헤아린다.

멀어진 그대와 나 사이에 그 무엇이 들지 않을 수 있겠는가. 그곳에서 세상의 꽃이 피고, 세상의 강이 흐르고, 세상의 새 생명이 시작된다. 목숨에 한정이 있듯이 어떤 인연도 영원할 수 없다. 다만 버성긴 둘 사이에 무엇을 놓을 것인가는 우리의 선택이다.

그대는 멀리 있어도 같은 달이 우리의 얼굴을 비춘다. 그대가 더 멀어져 갈수록 우리 사이의 꽃밭은 넓어진다. 설령 그대가 하늘 문을 열고 들어갔다고 하더라도 우리 사이에는 명랑한 공기가 흐른다. 그러므로 우리의 관계는 더욱 푸르고, 더욱 맑고, 더욱 향기로워진다.

멀어지는 것을 두려워하지 않고, 둘의 사이에 돌담 대신 꽃밭을 가꾸는 게 중요하다. 둘 사이에 저주의 담을 쌓는 것보다는 둘 사이를 꽃향기로 연결하는 것이 미쁘지 않겠는가. 그러다보면 멀어진 인연도 어느새 꽃으로 피어나 내 곁에 있지 않겠는가. 그런 날이 온다면 내 마음은 또 얼마나 가벼이 나비의 날갯짓을 본뜨지 않겠는가.

시간의 강물은 눈물로 흐르고, 그 눈물의 염기가 다 마르는 날, 고왔던 인연은 여전히 고울 것이니, 만나고 헤어짐에 연연하였던 순간마저도 강의 물빛처럼 몸 가벼운 것이어서, 참 꽃도 많겠다. 그러다보면 그대와 나 사이에는 참 별도 많겠다. 우리가 소의 눈망울처럼 순한 마음을 오래 간직할 수 있다면, 어떤 인연도 꽃마음을 품지 않겠는가. 그리하여 우리는 어느새 햇별로 반짝이지 않겠는가.

지붕이 되는 모자

우리네 옛집에는 참 많은 공간이 있었다. 안방이 있었고, 부엌과 부엌방이 있었고, 마루가 있었고, 건넛방이 있었다. 볕이 들지 않는 깊은 곳에는 고방이 있었고, 마루로 오를 때 신을 벗어두는 토방이 있었다. 이러한 방과 부엌은 지붕 아래에 있는 것들이었다.

처마를 벗어나면 다른 것들이 있었는데, 마당과 뒤란과 헛간이 대표적이다. 집이라는 공간을 둘로 쪼갠다면, 집 안과 집 밖으로 나눌 수 있을 것이다. 그중 좁은 범위의 집은 한 지붕 밑의 공간을 의미하고, 넓은 범위의 집은 담장 안쪽을 포괄하는 개념으로 볼 수 있다.

집에는 식구들이 살고, 식구들은 먹을 것을 가운데 두고 빙 둘러 앉은 입들을 뜻한다. 집 안에서 우리는 한 냄비의 찌개와 몇 개의 찬거리를 두고 밥을 먹었다. 아버지의 젓가락이 스쳐간 막내둥이의 숟가락이 지나갔고, 찌개 거리에는 아예 몇 개의 숟가락이 동시에 들어가기도 하였다. 그러는 와중에 서로의 침이 섞였을 것이지만, 아무도 그것으로 인해 병을 앓지는 않았다. 그게 식구였다. 만약 집이 아니었다면, 식구라는 개념도 발생하지 않았을 것이다.

그만큼 중요한 집이기에, 우리네의 집은 단순한 주거공간으로 머물지 않았다. 집은 사상을 표현하는 상징물이었으며, 교육과 예절을 배우고 익히는 교육의 장이었고, 생존에 필요한 것을 배울 수 있는 토대였다. 또한 집의 곳곳에는 신이 기거하여, 인간의 길흉화복을 함께하였으니, 우리네 옛집은 신전의 용도로까지 쓰인 셈이다.

집은 하늘과 땅을 비롯한 우주를 담은 공간이었으니, 지붕은 하늘이며, 아버지였고, 절대자였으며, 바닥은 땅이며, 어머니였고, 모신(母神)이었다. 그래서 집은 가장 작은 우주를 뜻했으며, 그것을 확장하면, 하늘은 곧 살아 있는 모든 것을 보호해 주는 가장 큰 지붕을 의미했고, 땅은 모든 생명체를 낳고 기르는 가장 큰 어머니, 대모신(大母神)를 뜻했다.

그만큼 지붕은 아버지와 관련이 깊다. 하지만 아버지의 벌이가 시원찮은 집에서는 지붕에서 비가 새기 일쑤였다. 비가 오는 날이면, 물방울 떨어지는 곳에 대야며, 양판이며, 양동이를 놓아두고 빗물을 받는 것은 가난을 겪어본 사람이라면 한 번쯤은 경험했을 일이다.

그렇게 지붕에서 비가 새는 날이면, 아버지는 비를 맞아가며 지붕을 고쳤다. 바람이 불어 우산을 쓸 수도 없는 상황에서 비 새는 곳을 찾아 일일이 손을 보았던 것이다. 지붕이 샌다는 것은 자신의 부실을 드러내는 것이므로 아버지의 책무는 무거웠을 것이다. 심지어는 구멍 난 지붕을 몸으로 막고 싶은 마음까지 일었을 것이다. 그게 아버지의 모습이다.

이런 부성애, 혹은 모성애를 보여주는 것이 비단 사람의 일만은 아니다. 새들도 비 내리는 날이면, 어린 것들을 돌보기 위해 지붕이 된다. 대개의 새들은 집을 지을 때 지붕을 만들거나, 지붕을 따로 만들지 않아도 되는 곳에 집을 짓지만, 봄철에 와서 알을 낳는 새들 중에는 지붕을 별도로 마련하지 않는 새들도 있다. 그렇게 하여도 보통의 봄 날씨라면 별 문제가 되지 않는다. 하지만 알을 다 낳고 품기 시작하였을 때나, 부화한 새끼들이 솜털을 다 벗지 못했을 때는 문제가 된다. 그럴 때 새는 자신의 온몸으로 지붕이 된다. 아무리 비가와도 어미의 지붕 아래에서 새끼들은 안전하게 살 수 있는 것이다.

그런 어미의 모습을 닭에게서도 볼 수 있다. 봄볕 좋은 날 병아리 떼를 끌고 나들이를 하는 어미 닭은 항상 긴장을 늦추지 않고 경계를 한다. 그리고 포식자들이 달려들면 어미 닭은 사정없이 적을 향해 달려간다. 설령 그 적이 자신보다 강한 상대일지라도 두려워하지 않는다. 평소에는 개를 피해 다녔던 암탉이라고 하더라도 어미가 되었을 때는 달라진다. 또한 소나기라도 내리면 어미는 제 날개를 넓게 펴서 어린 새끼들을 제 몸으로 품는다. 한 개의 어미 몸이 수십 마리 병아리의 집이 되는 것이다.

그토록 소중한 집이고, 지붕이지만, 모두가 지붕 있는 집을 가지고 있지는 않다. 아이들과 함께 보았던 동화 중에 기억나는 이야기 두 개가 있다. 물론 지붕에 관한 것이다. 한 가지는 이렇다. 한 거인이 있었는데, 너무 게을러서 자신의 몸이 커 가는 것만큼 집을 늘리지 못했다. 그래서 그 거인은 외출을 할 때면 지붕을 지붕으로 쓰고 다녔다.

다른 이야기는 대조되는 내용이다. 한 거인이 있었는데, 그의 아내가 여러 해에 걸쳐 모자를 만들어 주었다. 하지만 거인의 마음에는 들지 않았다. 그래도 아내가 준 모자라서 거인은 그 모자를 쓰고 외출을 하였다. 그러다가 거인은 아이들을 위해 오두막을 짓고 있는 사람을 만난다. 오두막은 지붕만 빼고는 다 만들어져 있었다. 거인은 기꺼이 자신의 모자를 벗어서 오두막의 지붕으로 쓰게 한다. 한 사람의 모자가 많은 이들의 지붕이 된 것이다.

모자와 지붕과 하늘은 크기만 다르지 모두 지붕이다. 모자는 한 사람을 덮기 위한 것이고, 지붕은 한 가족을 보호하기 위한 것이고, 하늘은 지상의 모든 생명을 안전하게 지켜 준다. 만약 하늘이 없었다면 우리가 숨을 쉴 공기는 우주로 흩어져 버렸을 것이고, 설령 숨을 쉴 수 있었다고 하더라도 우주에서 쏟아져 들어오는 무수한 바윗덩어리를 피할 수 없었을 것이다.

나에게는 모자에 불과할지 몰라도 그 모자 하나가 한 가족의 지붕으로 쓰일 수도 있다. 내게는 작은 손에 불과하지만 작고 여린 것들에게는 충분히 지붕이 될 수도 있다. 내게 있는 작은 것으로 많은 것들의 지붕이 되어줄 수 있다면 어찌 기쁘지 않겠는가.

봄에 산에 갔다가 돌멩이 하나를 건드린 적이 있었다. 나는 무심코 들어낸 돌멩이였는데, 돌멩이 아래에는 시커먼 개미 떼가 붙어 있었고, 흰 알들이 무수히 들어 있었다. 나는 순간의 실수로 그 많은 생명이 안전하게 살 수 있는 지붕을 들어낸 셈이었다. 그 후로 나는 산에 갈 때마다 돌멩이 하나 함부로 건드리지 않기 위해 발 디딜 곳을 세심히 살피며 걷는다.

4장

•

다시 길 위에 선다. 길은 길로 이어지며, 갈라지고, 끊어지고, 다시 시작된다. 모든 길은 처음엔 길이 아니었다. 어떤 길이건 첫 발을 내딛는 자가 있었기에 길이 되었다. 내가 서 있는 이 길도 먼저 간 누군가가 있어서 길이 되었다. 이 길을 먼저 간 이들을 떠올려 본다. 이 길은 이 나라 최고의 소설길로 불리는 전남 장흥의 바닷가 길이다.

–「이 나라 최고의 소설길」 중에서

이 나라 최고의 소설길

– 회진항에서 남포까지

다시 길 위에 선다. 길은 길로 이어지며, 갈라지고, 끊어지고, 다시 시작된다. 모든 길은 처음엔 길이 아니었다. 어떤 길이건 첫 발을 내딛는 자가 있었기에 길이 되었다. 내가 서 있는 이 길도 먼저 간 누군가가 있어서 길이 되었다. 이 길을 먼저 간 이들을 떠올려 본다. 이 길은 이 나라 최고의 소설길로 불리는 전남 장흥의 바닷가 길이다.

소설길의 시작과 끝은 한 점 마침표 같은 회진항이다. 회진이라는 지명은 많은 길을 품고 있다. 한자로 모일 회(會)에 나루 진(津) 자를 쓴다. 이곳에서 나뉜 길이 다시 이곳으로 모인다. 사람의 발이 딛는 땅 위의 길만이 아니라, 바닷길도 이곳으로 모인다. 예전에는 금일도, 금당도는 물론이고, 고금도에서 온 배들도 회진항으로 모여 들었다. 배들이 모여 들고 사람들이 모여들고 동서양의 문화가 이곳에서 만났다.

회진항은 역사적으로도 의미가 있는 곳이다. 정유재란 때 이순신 장군이 십여 척의 배를 정비하여 명량대첩을 세울 때, 그 배를 건조하고, 수리하였던 곳이 회진항이다. 그 후 갑오농민전쟁 때는 병참 기지의 역할을 하였고, 일본군에 밀린 동학 농민군이 쫓겨 든 곳도 회진항이었다. 농민군들은 이곳 회진항에서 덕도, 금일도를 비롯하여 제주도까지 숨어 들어갔으며, 그곳에 뿌리를 내렸다.

회진항을 생각하면, 최후라는 말과 최초라는 단어가 동시에 떠오른다. 우리나라의 남쪽 끝 땅이고, 남으로부터는 최초의 땅이다. 땅끝이 바다의 닿으니, 땅에서 보면 바다의 시작이고, 바다에서 보면 땅의 시작이다. 그래서인지 이곳은 광화문에서 정남에 위치한다고 해서 '정남진' 이라는 별칭으로도 부른다.

길이 많은 곳이었으니, 어디로도 통하지 않았으랴. 회진항 인근에는 백년이 넘는 교회가 네 곳이나 있다. 그만큼 서양 문물이 빨리 들어온 곳이다. 그런 회진이 최근에는 소설길로 떠오르고 있다. 이청준, 송기숙, 한승원, 이승우의 고향이 이곳이니, 어찌 최고라는 말을 아낄 수 있겠는가. 이 나라 최고의 소설길이 회진에서 시작되니, 이 길 또한 수십 갈래, 수천 갈래로 흩어졌다가 다시 모이리라.

동갑내기 소설가인 이청준과 한승원의 고향은 서로 눈에 보일 만큼의 거리에 있다. 둘 다 회진면 태생이고, 둘 다 바닷가 마을에

태를 묻었다. 이청준의 생가는 진목마을이고, 한승원의 탯자리는 동학군 마을이었던 덕도 신상리이다. 이청준은 진목리에서 태어나 회진초등학교를 나온 후 중학교부터는 광주와 서울로 유학을 갔고, 한승원은 덕도라는 섬에서 태어나, 명덕 초등학교를 나온 후 장흥중·고등학교를 졸업한 후 여러 가지 사정으로 김과 미역 농사를 짓다가 뒤늦게 서라벌예술대학을 나왔다. 한 사람은 고인이 되었고, 한 사람은 지금도 왕성한 창작열을 불태우고 있다.

현대문학사에 많은 거장이 있지만, 이렇듯 지척에서 태어나 서로 쌍벽을 이룬 경우는 많지 않다. 서울이라면 비슷한 경우가 있겠지만, 인구가 많지 않는 변방에서는 드문 일이다. 평북 정주 태생인 김소월과 백석이 산 하나를 사이에 두고 태어났다는 것 말고는 이와 견줄 만한 예가 있는지 모르겠다.

회진항에 서면 바로 보이는 섬이 탱자섬이다. 말똥처럼 동그란 섬이다. 금섬이나 깡섬이라고도 불린다. 왼쪽이 덕도이고, 오른쪽이 이회진, 선학동이다. 왼쪽이 한승원이고, 오른쪽이 이청준이다. 한승원과 이청준만이 아니다. 인근의 정남진 신동마을이 이승우의 고향이고, 마주 보이는 평일도는 임철우의 고향이다. 회진 포구가 품은 득량만은, 가히 소설의 길이고, 소설의 바다가 아닐 수 없다.

회진항에서 바다를 향해 서면, 앞쪽 다리가 이어진 섬은 제주로 가는 쾌속선이 다니는 노력도이고, 항구는 노력항이다. 이회진과 노력도 사이에는 큰말, 작은말, 탱자섬이 자리하고 있고, 그 너머로는 큰 섬들인 금일도, 고금도, 약산도, 금당도 등이 연꽃잎처럼 둘러싸고 있다. 섬마다 꽃잎이고, 그 꽃잎에 갯물이 스민다. 향기롭고 쓰라리다. 섬마다 수많은 사연을 담고 있고, 섬마다 역사가 있고, 그 이야기엔 갯물 든 꽃잎처럼 겹이 있고, 층이 있다. 소설이다.

이청준의 수많은 소설이 이곳을 배경으로 씌어졌고, 한승원 소설의 모태도 이곳이다. 하지만 그 둘의 소설이 지향하는 세계는 확연히 다르다. 이청준에게는 이상이 있다면, 한승원에게는 삶이 있다. 이청준의 작품에서 꽃향기가 난다면, 한승원 소설에서는 갯내가 난다. 이청준이 바다를 동경하고, 관조한다면, 한승원은 갯뻘로 뛰어든다. 이청준의 바다가 풍경이라면, 한승원의 바다는 처절한 삶의 현장이다. 소설 속 주인공들이 바다를 대하는 태도도 다르다. 이청준 소설 속 주인공들이 바닷가를 나그네로 떠돈다면, 한승원 소설 속 주인공들은 바다를 생계의 터전으로 삼는다. 한 바다를 보면서 이청준의 바다와 한승원의 바다를 구분해서 본다. 하지만 그 둘은 이내 겹쳐 보인다. 갯물 든 꽃잎 같다.

회진항에서 마량 가는 쪽으로 가면, 이청준의 모교인 회진초등학교가 있고, 이 학교는 문림의 맥 잇기 학교로 지정되어 있어서인지, 벽화를 문인들의 얼굴로 채워 놓았다. 고개를 넘어가면, 이청준 소설에 나오는 선학동으로 마을 이름을 아예 바꾼 선학동

(구 산저마을)마을이 있는데, 봄이면 유채꽃이 피어 반기고, 가을이면 메밀꽃이 단체 사진을 찍자고 손짓을 한다. 다시 그곳에서 고개 하나를 넘으면 이청준 생가가 있는 진목리(참나무마을)이고, 그곳 갯나들에 이청준의 묘소인 '이청준 문학자리'가 있다.

이청준 생가에서 대덕삼거리를 잇는 옛길이 이청준의 소설 「눈길」의 배경지인데, 최근 그 길을 복원해 놓아 한가하게 걸을 만한 곳이 되었다. 길은 거기에서 끝나지 않고, 대덕삼거리에서 천관문학관을 향해 뻗어간 길을 '문학길'이라는 이름으로 개발해 놓았는데, 들길과 산길이 어우러져 사색하며 걷기에 알맞다.

다시 회진항에서 길은 시작된다. 바다를 향해 서서 왼쪽을 향해 보면 야트막한 산 하나가 보이는데, 그곳이 한승원의 생가가 있는 덕도이다. 지금이야 도로가 연결되어 있지만, 불과 몇십 년 전만 하여도 배를 타고 다녀야 했던 섬이었다. 한승원의 고향인 신상리 뒷산이 한재 공원인데, 봄이면 할미꽃이 군락지어 피어나서 작은 축제까지 열린다.

이청준과 한승원. 그 둘의 이름만 들먹거려도 회진 앞바다는 그야말로 소설의 바다라 할 만하다. 덕도로 향한다. 첫 마을은 장산리다. 뒤돌아보면 선학동의 학봉이 고개를 쳐들고 있다. 금방이라도 판소리 한 자락 길게 깔며 선학이 날아오를 듯하다. 곧장 가면 노력도고, 꺾어 들면 신상리다. 1920년대부터 사학이 시작되었던 명덕초등학교가 보이고, 여기저기 독립자금 모금 기념탑

이 보인다. 수많은 기념비가 이 섬의 역사를 대변하고 있다. 만만한 땅이 아니다.

섬에서 빠져나가면 정남진 전망대가 보이고, 전망대를 지나면 이승우의 고향 마을인 신동이다. 장흥 문학에서 이청준, 한승원, 송기숙을 기적이라고 한다면, 이승우는 축복이다. 신동마을 부둣가에 서 본다. 붉은 바위섬이 눈에 들어온다. 이승우의 소설 「샘섬」의 배경이 되었던 가슴앓이섬이다. 이 지역 사람들은 가스마리섬 혹은 가시마리섬이라 부른다. 이승우는 이곳 '남끄테'에서 태어나 평범하지 않는 학창 시절을 보낸다. 그리고 청년이 되고 작가가 될 때까지의 개인적 체험이 그의 많은 소설의 모티브가 된다. 그의 소설 『에리직톤의 초상』이나 『생의 이면』 같은 소설도 개인사에 기댄 점이 많다.

길은 여기에서 끝나지 않고, 또 이어진다. 행정구역상으로는 회진면에서 관산읍을 거쳤다. 이내 바닷가 길을 계속 가다보면 이청준의 소설 「축제」의 배경지가 되었던 용산면 남포에 이른다. 남포에서는 굴 생산이 한창이다. 굴을 이곳 사람들은 석화라고 부르는데, 다른 곳의 굴과는 씨알이 다르다. 오죽 하였으면 남포 굴을 맛보기 위해 광주나 목포에서 자동차를 몰고 달려오겠는가.

마을 앞 작은 섬은 소등섬이다. 소두병섬이라고도 하는데, 풀이하면, 솥뚜껑섬이라는 뜻이다. 임권택 감독의 영화 〈축제〉에 등장했던 그 섬이다. 소등섬은 해신과 관련된 설화가 있고, 그 설화가 현대에 와서 새로운 이야기를 낳고 있다. 뱃길 안전을 도맡았던 할머니 신이 이야기의 뿌리일까. 회진항에서 남포까지 이어진 장흥의 해안도로는 굽이마다 이야기가 맺혀 있고, 또 태어난다.

설화에서 소설까지 길은 이어지고, 이미 쓰인 소설에서 아직 태어나지 않는 이야기로 길은 이어진다. 길 끝이 어디냐고 묻지를 마라. 여기 이곳에서 이 나라의 소설길이 시작된다. 여기부터는 길이 없으므로 그대가 길을 이으시라. 땅이건 바다건 그대가 첫 발을 내딛어야 할 미지의 길이 여기에 있다. 이것이 소설이다.

말[言語]을 찾아 떠다니는 고단한 나그네

-이청준 소설에 있어서의 길의 상징성

이청준의 모든 소설을 아우를 수 있는 것은 아니겠지만, 이청준 소설의 중심부를 관통하는 사유는 원죄의식과 구원이다. 그의 소설에서 원죄의식은 가난과 죽음으로 대변되고, 그것은 등장인물의 어찌할 수 없는 한계상황과 직결되어 있다. 그래서 그의 소설 속 주인공은 무언가를 갈망하게 되는데, 갈망의 방식은 두 가지 양상으로 나타난다. 그중 하나는 있는 그 자리에서 한계상황을 견디어 내는 것이고, 다른 하나는 한계상황을 벗어나 나그네가 되어 떠나는 것이다. 하지만 형태는 달라도 소설 속 주인공은 채우지 못할 바람을 끝까지 추구하는 모습으로 나타난다.

이른바 그의 소설 중 예술가 소설로 일컬어지는 여러 소설들(줄, 조율사, 과녁 등)의 주인공들은 자신이 희구하는 세계를 꿈꾸다가 좌절하고, 남도사람 연작에서는 한계상황을 견디지 못하고 떠나는 자가 주인공으로 설정된다. 따라서 그의 작품 속 주인공은 남는 자와 떠나는 자로 구분 지을 수 있다.

이청준 소설에서, 어떤 자리에 남아 있는 자는 자신의 한계상황을 극복하는 방향을 선택할 수 없어서, 그것을 자기 안으로 끌어들인다. 결국 그것은 애환이 되고 한이 되어 맺힌다. 이러한 한 맺힘은 정도가 더해가고, 그에게는 가혹하리만큼의, 정도가 더한 상황이 더해진다. 그리고 그 한계상황이 더는 그의 삶을 유지할 수 없는 지경에 이르러 소리가 되어 터진다. 이러한 유의 작품이 남도 사람 연작인 「서편제」, 「선학동 나그네」, 「다시 태어나는 말」 등이다.

하지만 떠난 자가 자유로운 것은 아니다. 떠난 자는 끊임없이 떠돌며, 무언가를 이루려 한다. 하지만 그들은 하나같이 실패하며, 자신이 떠났던 그곳으로 돌아온다. 회귀한 곳이 낙원인 것은 아니다. 견딜 수 없어 떠났던 곳이 구원의 장소가 되는 아이러니가 성립되는 것이다.

그러나 이청준 소설에서 구원을 받는 존재는 없다. 떠난 자와 남는 자가 있지만, 그 둘 다 시지프스 신화 속의 시지프스처럼 원래의 자리로 되돌아온다. 하지만 그 자리가 처음의 그 자리인 것은 아니다. 모든 것을 받아들인 후의 모습인 것이다.

남는 자건 떠나는 자건 그들 앞에 놓인 것은 모순과 부조리로 가득찬 세계이며, 독특한 관습과 이데올로기의 지배를 받는 왜곡된 세계이다. 그들은 그런 세계 속에서 개인의 꿈과 진실이 훼손되는 것을 겪으며 살아남아, 다시 처음의 그 자리로 온다. 여전히 세계는 개인의 꿈과 진실을 짓누르지만, 괴로워했던 그 공간이 노래를 통해 재생의 공간으로 바뀐다. 이러한 그의 소설적 배경에는 고향이 자리 잡고 있다.

> 결국 이청준 문학의 출발점은 고향에 대한 사랑과 증오 두 가지를 자기 안에서 극복하느냐 하는 문제로 귀결되는 것이다, 그렇게 얘기하는 것 아니겠어요?
>
> "그것을 한마디로 종합한다면 고향으로부터 도망쳐 버리고 싶은 탈향 욕망과 고향으로 다시 돌아가고 싶은 귀향 욕망이라는 양면으로 이야기할 수 있는데, 이것이 소설에서도 떠나고 되돌아가는 것이 늘 되풀이되는 식으로 나타나게 됩니다."
>
> –『복수와 용서의 변증법』,「김치수와의 대담」 중에서

그가 밝힌 대로 그에게는 '탈향 욕망'과 '귀향 본능'이라는 양면의 것이 상존했던 것으로 보인다. 그런 그의 세계가 소설화되면, 소설 속 주인공들은, '견딜 수 없어서 떠남'과 '더욱 상처받아 돌아옴'을 반복한다. 떠나는 자는 결핍을 지닌 자이지만, 떠남을 통해 그 결핍이 해소되지는 않는다. 마찬가지로 남은 자에게도 견딜 수 없는 그 무엇이 있지만, 남은 자도 그것을 해소할 길이 없다. 결국엔 상처와 상처가 만나 소리나 노래로 서로의 응어리를 푼다. 하지만 완전한 해소는 아니다. 이청준 소설 대부분이 그렇듯, 명확한 결말이나 해소가 없다. 독자의 해석에 따라 결말은 얼마든지 달리 읽힐 수 있다. 하지만 분명한 것은 응어리를 완전히 해소할 수 있는 공간은 없다는 것이다. 고향이 낙원은 아니지만, 우리가 고향을 떠올리며, 다소 위안을 얻듯, 그러한 공간

만 있는 것이다. 그리고 다시 돌아온 자는 왔던 길로 다시 떠난다. 이러한 떠남과 돌아옴과 다시 떠남의 반복에 대해서는 그가 직접 밝힌 말을 참고하면 도움이 될 것이다.

> 그의 삶에는 집착이 없어야 하므로 이 말을 좋아한다. 우리의 삶은 지금 가정과 이웃과 수많은 세속적 욕망에 대한 집착으로 일정한 모습으로 규격화되어 가고 있는 것이다. 그 규격화된 삶 쪽에서 보면 자기 집착의 끈을 끊고 스스로를 해방시켜 나가려는 나그네의 그것은 일종 현대적 미아(迷兒)의 삶이 아니랄 수 없을 것이다. 아마도 나는 나 스스로에게서 너무도 그런 집착과 규격화된 삶의 증세들을 느끼기 때문에 오히려 그의 파행적 삶의 순간들을 동경하게 되는지도 모른다.
>
> 그리고 또 내가 이 말을 좋아하는 것은 그의 삶이 그러므로 오히려 외로운 모험일 수가 있기 때문이다. 그가 얻어 지키고 누려온 것들을 버리고 떠날 수 있는 것은 어쩌면 그의 삶을 새롭게 다시 만나고자 하는 깊은 소망 때문일 수가 있을 것이다. 그것은 참으로 그의 삶에 대한 가장 허심탄회하고 용기 있는 구도(求道)의 모험이 아닐 수 없을 것이다.
>
> 그러나 무엇보다 내가 이 말을 좋아하는 것은 그의 삶을 다시 만나고자 하는 피곤한 구도의 모험 길에서도 그는 어느 곳에나 자신의 신전(神殿)을 짓지 않기 때문이다. 그는 애초부터 자신을 위한 신전을 지을 수가 없는 사람인 것이다. 그 길에서 수많은 사람들을 만나도 그는 언제나 다시 떠나야 하는 사람이기 때문이다. 수많은 만남과 당도가 있어도 그는 언제나 그

당도와 만남 속에서 새로운 떠남을 준비하고 있어야 하기 때문이다. 그는 헤어지기 위해 만나고 다시 떠나기 위해 당도하는 언제나 도중(途中)의 사람이기 때문이다.

어느 곳이나 자신의 신전을 지을 수 없는 대신 자신의 신전을 자신의 등에 짊어지고 다니는 사람의 삶, 어쩌면 그 자신이 차라리 자기 삶의 신전으로 끊임없는 구도의 길을 떠나고 있는 사람 | 나는 나그네란 말에는 그런 사람의 허허한 삶의 무게가 연상되기 때문에 나는 이 말을 좋아하는 것 같다.

– 〈동아일보〉에서 인용 1980. 1. 9.

나그네가 되어 떠도는 자아는 머물 곳이 없다. 여기에 있건 어딘가로 떠나건 그에게 주어진 것은 견딜 수 없는 현실 세계다. 부당하고 모순에 가득찬 현실에서 그가 벗어날 수 있는 길은 없는 것이다. 그가 찾는 것은 소리이거나 진실된 말 같은 것인데, 그가 애써 찾은 것들은 모두 파괴되거나 왜곡된 것들뿐이다. 어디에서도 그가 찾는 것은 없다. 그래서 오히려 그것은 이미 그 안에 내재된 것일 수도 있다.

"집터를 찾든 소리를 찾든 그야 노형 좋으실 대로 할 일이겠소마는, 글씨 내 보기로는 노형이 바로 그 소릿가락 같은디…… 자기 잔등에다 소리를 짊어지고 어디로 또 소리를 찾아 댕긴다는 것인지……."

– 「새와 나무」 중에서

「남도사람」 연작에서는 주인공이 찾아 헤매는 것이 '소리' 이지만, 「소문의 벽」이나 『잃어버린 말을 찾아서』 등에서는 말[言語]이다. 폭압적이고 왜곡된 현실 세계에 놓인 자아는 저항하거나 대립하거나 복수를 해야 하는데, 그에게 가한 폭압적 방법을 그대로 사용하지는 않는다. 그가 찾는 방법은 진정한 소리이고, 진실된 말이며 해방된 말인 것이다. 그런 것들이 실현된 세계가 어쩌면 그가 꿈꾸었던 이어도이고, 소설 세계인지도 모른다.

> 바라건대 우리에게 더 많은 이어도가 있어 줬으면 좋겠다. 그것은 이어도가 실재 아닌 허구에 불과한 것이라 하더라도 우리는 때로 가시적인 사실에서 보다는 그 허구 쪽에서 오히려 더 깊은 진실을 만나게 될 때가 있으며, 자유로운 정신의 모험을 꿈꾸는 한 개인의 내면사와 그가 실존하고 있는 현실과의 갈등 속에 우리는 가장 절실한 우리의 삶의 참 모습을 발견할 수 있기 때문이다.
>
> – 「〈이어도〉의 실재와 허구의 의미」 중에서

> 문학이란 우선 어려운 삶을 살아가는 사람들에게 나름대로의 힘을 보태는 일이기도 하지만, 그것은 때로 싸움에 지치고 힘이 다한 사람들이 찢기고 허물어진 삶을 쉬려 돌아가는 영혼의 귀항지를 마련하는 일이 되기도 할 것이기 때문이다.
>
> – 「미스 윤, 지친 영혼의 귀항지」 중에서

그가 밝혔듯이 우리는 실존하고 있는 현실과의 갈등 속에서 가장 절실한 우리들 삶의 참 모습을 발견할 수 있는 것이며, 모순에 가득 찬 현실을 견디어내게 하는 것은, 현실에는 없는 '이어도' 이며, 그의 데뷔작이었던 「퇴원」에 나온 '미스 윤' 인 것이다.

선학동 나그네 되어 마음 누일 주막을 찾다

장흥의 산줄기는 천재의 붓끝이 아니라면 베낄 수 없고, 탐진의 강줄기는 바보의 마음이 아니라면 따라갈 수 없다. 쳐다보면 선계에서 막 흘러내린 듯한 산줄기가 굽이치고, 둘러보면 정감 있는 들을 적시는 샛강이 무심에 들었다.

이청준의 소설 「선학동 나그네」의 배경지를 찾아간다. 아니, 선학동 나그네가 되어 이청준 소설의 배경지를 찾아간다. 「선학동 나그네」는 임권택 감독의 100번째 영화라는 〈천년학〉의 원작 소설이다. 제목에 나오는 선학동은 속계가 아니다. 산은 큰산, 천관산이고, 바다는 연꽃바다인 득량만이다. 선학동의 장흥의 남쪽 바닷가에 위치한 마을이다. 본래의 이름은 산저마을이었으나, 이청준 소설의 배경이 된 덕분에 지금은 아예 이름을 바꾸어 선학동이 되었다.

선학동마을이 산저마을에서 선학동으로 개명을 하고, 행정구역상의 명칭까지 바꾸게 된 데에는 이장인 최귀홍 씨의 남다른 노력이 있었다. 마을 사람들을 설득하여, 유채를 심고 메밀을 심었다. 메밀꽃이 뜸 드는 밥처럼 익어가는 시월이면, 선학동 메밀꽃 축제도 연다. 마을의 풀 한 포기, 돌멩이 하나까지 「선학동 나그네」의 글귀가 된 듯하다.

봄이 가장 먼저 입김을 부려 놓는 곳, 이곳은 바로, 이 땅의 정남진이라는 장흥이고, 산이 날개를 펴고 학으로 난다는 선학동이다. 학의 숨결 같은 바람이 불어온다. 솜털 사이에서 나온 온기가 유채꽃으로 퍼진 듯하다. 보송보송 노란 꽃봉오리가 비탈을 다 덮었다.

신선 세계의 학은 신선이 타고 다니는 선계의 동물이기도 하고, 신선의 다른 모습이기도 하다. 신선이 학이 되었다가 다시 그 학이 산봉우리로 머물 수도 있는 법, 학봉은 그대로 신선이 되어 바다를 굽어보고 있다. 유채밭 구석구석에 청춘의 문장이 새겨져 있다. 봄이 흐르고, 향기가 흐르고, 구구절절 물결과 같은 문장이 흐른다.

소설 속으로, 혹은 영화 속으로 들어가는 발목을 봄이 적신다. 유채꽃이 어린아이의 오줌 냄새와도 같은 제 향기를 지린다. 꽃 속에 든 사람들의 얼굴도 모두 꽃이 되었다. 계곡을 흐르는 물에는 꽃 그림자가 간을 맞추었다. 물은 선학의 발등을 적시며 흘러왔을 것이고, 더 너른 곳으로 흘러가 사람의 마을에 봄을 흩을 것이다.

마음을 다 놓아버려도 물이 되지 못하여, 발걸음을 옮긴다. 바다는 집들의 처마 아래서 출렁거린다. 적막한 해변에는 주막이 없지만, 소설 속 소리꾼의 가락은 꽃으로 번졌고, 고수의 장단은 산이 되어 맺혔다.

목적 없이 더듬는 발걸음에 가락이 실린다. 남도의 어느 골목, 어느 길 하나라도 한 맺히지 않는 곳이 어디 있으랴. 얼었다 녹고, 매듭지어졌다가 풀리는 게 자연의 이치고, 우리네 사람살이다.

봄맞이풀, 큰개부랄꽃, 꿀풀에 미치광이풀이 몸을 내밀고 있다. 이 나라 봄풀들은 이름에서도 풋내가 난다. 갖가지 냉이도 지천으로 퍼져 있다. 큰냉이, 황새냉이, 좁쌀냉이, 가시냉이 등의 이름을 굴리다보니, 판소리 가락이 줍는목으로 넘어간다.

이청준의 많은 소설은 고향인 장흥을 배경으로 하고 있다. 소설 속 주인공들은 고향을 벗어나려 함과 동시에 돌아가고 싶어한다. 주인공의 내면엔 탈향욕망과 회귀욕망이라는 상반되는 욕망이 상존한다. 고향은 파괴된 낙원이고, 다시 복원해야 할 공간이다.

그의 소설에서 고향은 축소되거나 확장된다. 고향의 축소된 모습이 집이고, 확대된 모습은 소리이자 언어다. 그런 고향을, 떠났지만 아주 떠나지 못하고 돌아올 수밖에 없는 자아는 이청준 소설에서 쉽게 발견된다. 소설의 주인공들이 품고 있는 이러한 의식은 소설가인 이청준에게도 오랫동안 내재되어 있었던 듯하다.

"나는 대학시절을 내내 가정교사를 하면서 지냈다고 하지 않았어요? 그러는 동안, 아무리 술을 먹고 밤늦게까지 광기와 만용을 부리다가도 시간이 늦어지면 꼭 가정교사를 하는 집으로 돌아가야 하는 그런 엄격함의 습관이 몸에 밴 탓일 것 같아요. 왜냐하면 그 일상의 세계로 돌아가지 않으면 나는 그 집에서 쫓겨나게 되고 그러면 갈 곳이 없어져 버리기 때문이죠."

– 『남도창이 흐르는 아파트의 공간』, 「시인 김승희와의 대담」

소설 속 주인공처럼 긴 세월 객지에서 살았던 작가는 죽어서야 고향 언덕에 묻혔다. 그의 무덤이 있는 진목리 갯나들은 사내들의 육자배기 가락 같은 산이 솟았다가 숨 고르고, 여인네들의 치마폭 같은 바다가 산 끝에 닿아 잦아드는 해변이다. 묘지 주변엔 축사를 비롯한 여러 시설들이 어지럽다. 하지만 선생의 생전 품성을 읽을 수 있는 표지판을 보면 마음이 따뜻해진다.

선학동마을만 선학동이겠는가. 선생이 직접 그렸다는 '문학지도'를 보면, 장흥 땅 곳곳에 이청준의 문장이 흐르는 것 같고, 남도 땅 전체가 소설의 배경지다. 회진면 진목리에 보존되어 있는 생가는 그의 소설 「눈길」의 산실이다. 소설 속 어머니는 작가의 실존했던 어머니와 다를 바가 없다. 일찍이 홀몸이 되었던 선생의 어머니는 구십이 넘도록 장수를 한 후 선생보다 십여 년 먼저 이승을 등졌다. 팔려버린 집에서 장롱 하나를 고집스레 놓아두고, 고향으로 온 아들에게 저녁밥을 지어 먹였던 어머니는, 그 죽음까지도 명작으로 승화되었다.

소설 쓰기와 영화 찍기가 동시에 진행되었던 『축제』가 그것이다. 소설 속 『축제』의 배경지는 마땅히 회진면 진목리라고 보아야겠지만, 영화는 용산면 남포리에서 찍었다.

『축제』가 세상에 나오게 된 건 소설가 이청준과 임권택 감독의 사적인 인연 덕분이다. 어머니를 여윈 이청준 선생이 어느 날 임권택 감독에게 어머니의 장례식 때 있었던 일을 이야기했던 모양이다. 그러자, 그 이야기를 들은 임권택 감독이 즉석에서 제안을 하였다.

"선생은 그 내용을 소설로 쓰시오. 나는 그 소설을 영화로 찍겠소."

그렇게 해서 발표도 되지 않는 소설을 바탕으로 영화 제작이 준비되었고, 그로부터 이청준의 소설쓰기와 임권택의 영화 찍기가 거의 동시에 이루어졌다.

한 가지 일화가 더 전해진다. 두 사람이 『축제』를 찍을 만한 장소를 물색하기 위해 어지간히 돌아다녔던 모양이다. 남도 땅을 한 달여 돌아다니다가 뒤늦게 찾은 곳이 용산 남포였다. 그때 임 감독은, 우리나라에서 오지라면 안 가본 곳이 없는데 장흥만 한 오지는 아마 없을 것이라는 말을 했다고 한다. 그러면서 이청준 선생에게 이 말도 덧붙였다고 한다.

"이렇게 좋은 곳을 이리 가까이 놔두고, 그리 고생을 하게 하셨습니까?"

바닷물이 들면 섬이 되고, 썰물 때면 이어지는 소등섬의 서정은 죽음마저도 아름답게 보이게 한다. 이어지고 끊어지는 섬, 어쩌면 저승도 그런 소등섬 같은 것이리라. 바닷물이 삼켰던 길을 다시 뱉어내고 있다. 길은 사라지지 않았지만, 물에 가려 잠시 보이지 않았다. 소설가 이청준은 이 세상 사람이 아니지만, 그의 작품은 세월이 흐를수록 빛나기에 그는 여전히 이승과 끈이 닿아 있다.

철썩이는 파도처럼 소설 속 문장이 발목을 감는다. 억세게 움켜쥐지 것이 아니라, 간곡하고 애가 타게 잡는다. 묶어 두지는 않았지만, 풀 수는 없다. 그것이 남도의 가락이고, 판소리의 정서다. 영화를 찍은 지 20년 가까이 되었다. 그간 소등섬 가는 길은 두 번 덧씌워졌다. 섬에는 소등섬 설화에 나오는 할머니신의 모습인 듯, 낯선 조각상 하나가 세워져 있다.

마을 곳곳이 영화 속 배경지다. 지금은 민박집으로 운영되고 있는 '축제 민박'이 영화 속 주 무대다. 영화를 찍기 위해 지었던 문간채를 손님방으로 내어준다. 대문 앞 언덕배기의 정자나무는 영화 속에서만 볼 수 있다. 영화를 찍고 5년쯤 지나 태풍에 쓰러졌다. 영화 속에서는 하나도 보이지 않았던 전봇대는 다시 제자리로 돌아와 있고, 해안 쪽에 새로운 길이 뚫렸다.

그의 고향 진목리에서는 「눈길」, 「나무 위에서 잠자기」 등을 떠올릴 수 있고, 선학동에서는 「선학동 나그네」, 천관산에서는

「잃어버린 절」의 줄거리를 되새기다가, 용산 남포에서는 『축제』를 만난다. 강진 정수사로 넘어가는 길은 「살아 있는 늪」, 장흥읍은 「줄」, 「조율사」, 「과녁」의 무대이고, 제암산은 『비화밀교』, 유치 보림사는 『흰 옷』의 배경지다.

길을 따라 흐르다 보니, 어느새 이청준의 문장에 옷섶이 다 젖는 듯하다. 그의 소설은 단순한 문장이 아니라, 가락이고 소리다. 굽어지면서도 끊이지 않는 남도의 길이다. 그 길은 굽이마다 곡절하지만, 묶였다가 풀린다. 이미 신화가 된 한 소설가의 작품 속 길을 걷는 것은 흥겹다.

세상의 모든 소리는 아주 사라지지는 않는다. 다만 먼 곳으로 가며 점점 작아질 뿐이다. 오래전의 소리들은 어디로 갔을까. 어떤 소리는 돌 틈에 박혔을 것이고, 또 어떤 소리는 꽃잎을 스치고 있을 것이다. 소설과 영화 속의 소리가 귓속으로 흘러든다. 오래전의 소리였지만, 지금도 여전히 살아 있는 소리다. 아니 세월이 흐를수록 점점 커져서 달팽이관을 징징 울리는 소리다.

이청준의 소설 속 길을 걷는 것은 풍경에 취하고, 소리에 애간장이 다 녹아내리는 과정이다. 슬픔도 한도 다 녹아서 물처럼 흘러내릴 것이다. 심청이 눈을 뜨듯 봄꽃들 피어나서, 소설 속 세상은 온통 선학동이다. 그리운 이의 소리가 흐르던 그 주막이 노을에 물들고 있다.

그대의 뒤란은 어떠한가
-『아제아제바라아제』의 배경지 선암사

초여름 물소리가 왼쪽 귓바퀴에 감긴다. 물소리 따라 녹음은 짙어지고, 산 깊은 데로 들수록 물소리는 명랑해진다. 낮은 곳의 물소리는 북소리 같더니, 골짜기 깊어지자 목탁 소리를 흉내 낸다. 숲에 들수록 물소리가 명랑해지는 것은 속세의 경계를 벗어났기 때문일까. 산 깊은 곳까지 번진 꽃소식이 돌의 귀에도 들었기 때문일까. 계곡 물소리를 색으로 표현한다면 '청화'의 그 청색이라 하겠다.

'청화'는 한승원의 소설『아제아제바라아제』의 여주인공인 이순녀의 법명이다. 한승원 원작의 이 소설은 임권택 감독에 의해 영화화 되어 널리 알려졌으며, 영화에서 순녀 역을 맡았던 배우 강수연은 모스크바 영화제에서 여우주연상을 받기도 하였다.

영화 속 배경을 따라 선암사 가는 길이다. 영화를 떠올리면 줄거리보다도 먼저 강수연의 붉고 도톰한 입술이 떠오른다. 입산과 환속 등 파란 많은 생을 산 순녀. 난리를 피해 중이 된 아버지와 비구니인 고모들과 돈놀이를 하는 어머니를 둔 이순녀.

소설의 한 축이 세속적인 이순녀(청화)의 삶이라면, 다른 한 쪽엔 강수남(진성)의 구도 행각이 있다. 공부 잘 하고, 얼굴 반반하고, 집안도 넉넉하였던 수남은 자신의 의지에 의해 머리를 깎고, 깨달음을 얻기 위해 갖은 유혹을 다 뿌리치지만, 은사인 은선 스님은 진성과 더불어 순녀도 소중히 여긴다.

일주문을 지나는데, 노랫소리가 들린다. '시계바늘처럼 뛰는 사람아/세상살이 다 그런 거지 뭐' 하는 내용의 김용림이 부른 〈부초 같은 인생〉이란다. 순천에서 왔다는 황인심(76) 씨와 김봉옥(76) 씨다. 김용림을 모른다고 하였더니, "아저씨 우리나라 사람 맞아요?" 라고 한다. 역으로 한승원 소설가를 아느냐고 물었더니, 들어본 것 같다고 해서, 『아제아제바라아제』를 아느냐고 물었더니, 소설이 있다는 것도 모르고, 영화 속 강수연의 모습만 떠올린다.

"강수연이가 차말로 새콤하게 생겼제. 피부도 탱탱하고, 입술도 뽈그족족하니, 홀리게 생겼어. 내가 남자라도 마음이 동할 것이여."

황인심 씨의 말이다.

"두 분이 소설 쓰신 한승원 선생님과 동갑내기시네요."
하였더니, 조금 놀란 표정을 짓더니,

"하루는 지루한데, 세월은 빨라. 세월은 금방이여."
라고 말한다.

대화를 하다 말고, 사랑 노래를 입 맞춰 부르는 두 사람에게 '사랑' 이 무엇인지 물었더니,

김봉옥 씨 눈에 보이지도 잡히지도 않고, 안 보이면 보고 잪고, 보면 이 갈리고, 줘도 줘도 끝이 없는 것.

황인심 씨 행복하고 좋았다가 끝내 괴로움을 느끼게 하는 것.

김봉옥 씨 형제간이건 친구간이건 모든 사랑은 상대적이여. 내가 준 만큼 오는 것이여.

황인심 씨 인생은 거래여.

사랑이라는 말에 해석도 다양하다. 거기다 인생의 의미까지 곁들여지니, 줄거리가 나뭇가지 퍼지듯 오만 데로 뻗는다. 진정한 사랑, 진정한 깨달음 등을 생각하다가, '진정한' 이라는 말이 사랑이나 깨달음이라는 말을 더럽혔다는 것을 본다.

진성은 깨달음을 얻기 위해 구도행을 하고, 순녀는 해탈 같은 것은 관심 없다는 듯, 세속적 삶에 빠진다. 그런 두 사람의 대조적인 모습이 극명하게 드러난 것은 은선스님의 입적 때이다. 은선스님은 진성과 순녀를 나란히 두고 유언을 남긴다. 자신이 죽으면 사리 같은 것은 찾지도 말고, 불탑도 세우지 말라고.

하지만 진성은 쓰러진 자세로 입적한 은선스님을 일으켜 앉히고, 화장까지 한 후 은선스님이 비구니 최초로 좌탈입망 하였다고 선전한다. 다비식 때도 마찬가지다. 진성은 사리를 찾기 위해

애쓰고, 순녀는 유골 하나만을 품에 넣는다. 진성에게 필요한 것은 은선스님이 깨달음에 이르렀다는 세속적 증거물인 사리이고, 순녀가 중요시 여기는 것은 은선스님의 말씀과 은선스님의 구체적 흔적이다. 순녀가 사리라는 물건에 집착하는 대신 사리 같은 삶을 선택했다면, 진성에게 중요한 것은 허위의 것이라 하더라도 사리라는 증거물이다.

나뭇잎이 거르지 못한 햇빛이 마른버즘처럼 핀 흙길이다. 쪽 동백나무 꽃이 풍경소리 같다. 향기는 바람을 따라 흐르며, 사람의 길에까지 번진다. 승선교의 아름다움에 대해서는 너무 많은 이들의 입에서 입으로 번져 침 마를 틈이 없다. 새로 복원을 하였지만, 여전히 그 곡선의 미와 계곡 아래에서 승선교를 거쳐 쳐다보는 강선루는 어느 계절을 얹어도 색이 곱다.

삼인당을 거쳐 일주문 이르는 길에는 야생차가 우거져 있다. 찻잎을 따 입에 넣고 씹으며 일주문을 지난다. 대웅전 옆 심검당의 부엌은 구조가 바뀌었다. 아궁이가 있는 재래식 부엌이었는데, 바닥에 시멘트를 발랐다.

와송과 선암매의 안부를 확인하고, 수양매에 넋을 놓았다가 지장전, 팔상전, 원통전을 둘러보았다. 선암매는 진즉에 지고, 꽃창살 연꽃만 여전히 피어 있다.

영화 〈아제아제바라아제〉의 촬영 장소는 속인의 출입을 금한 곳에 있다. '칠전' 이 그곳인데, 성과 속의 구별이 엄격한 마당에 함부로 들어갈 수 없어서 선암사 뒤란이랄 수 있는 북부도와 동부도 가는 길을 오르내리다가 총무원에 들러 부탁을 하였다.

영화를 찍은 곳이긴 하지만, 밖으로 알려지거나 외부인이 출입하는 것은 바람직하지 않다는 승범(총무국장) 스님의 말씀에 공감하면서 쉽게 이해가 되지 않는 전각 이름인 '삼전' 과 '칠전' 의 의미를 물었다. 삼전은 불조전과 팔상전과 판전을 보좌하는 전각이고, 칠전은 달마전, 미타전, 응진당, 진영각, 벽안당, 산신각, 장경각을 아우르는 이름으로, 심검당에서 참선 공부를 하다가 일정한 경지에 이른 스님만 들어갈 수 있는 선원이라 하였다.

달마전의 부엌이 영화를 촬영했던 곳이다. 절집 말로는 정제소라 부른다. 부엌을 일컫는 말로 '정제' 나 '정개' '정지' 등의 방언이 있으니, 그것과 상관이 있는 말이다. 선암사 달마전의 정제소는 정갈하다. 사돈을 맺기 전에 반드시 상대방 집의 정제와 뒷간을 가보라는 말이 있다. 사람이 살려면 음식을 먹어야 하고, 잘 살려면 반드시 오줌과 똥을 누어야 한다. 아궁이도 단속이 잘 되어 있고, 차를 끓이는 차로도 단정하다.

정제소 뒤에는 삼단 우물이 있다. 맨 위쪽 우물에서는 부처님께 올릴 물과 찻물을 긷고, 두 번째 우물에서는 식수를 얻고, 세 번째 우물물은 몸을 씻는 데 쓴다.

우물에 영화 속 순녀의 모습이 비치는 것 같다.

"선암사는 자랑할 것이 너무 많지만, 그중 최고의 것을 꼽으라면, 뒤쪽이지요. 대개는 앞쪽만 깨끗하고, 뒤에는 허드레 것을 쌓아 두기도 하는데, 선암사는 뒤가 아름답지요. 절 뒤가 이렇게 정갈한 곳은 드물 겁니다. 뒤깐도 그래요."

승범스님의 말을 들으며, 구도의 삶을 산 진성스님의 삶이 '앞' 을 중요시한 것이라면, 세속의 진창에 빠져 산 '순녀' 의 삶은 '뒤' 가 깨끗한 그것이 아닐까, 하는 생각이 들었다. 사람마다 뒤란이 있다면, 순녀의 뒤란은 깨끗하고, 진성의 뒤란에는 오만 잡동사니가 쌓여 있을 것이다. 나의 뒤란은 어떠할까. 태어나 한 번도 내 눈으로 보지 못한 내 뒷모습을 보고 싶다.

왼쪽 귓바퀴로 감았던 물소리를 오른쪽 귓바퀴로 풀면서 내려온다. 다시 속세다.

글 감옥의 장기수

–한승원론

바닷가 마을에 한 사내가 산다. 사내는 스스로 지어놓은 토굴에 갇혀 영원히 글을 써야 하는 형벌을 받고 있다. 위리안치를 명받은 자처럼 그는 토굴 바깥으로 잘 나서지 않는다. 그가 토굴을 벗어나는 건 인근에 있는 한 대학에 제자들을 만나러 갈 때이다. 그의 외출 중 가장 길고 먼 거리의 출입이지만, 그는 즐거이 그 일을 한다. 그가 선택한 사람과의 소통시간이기 때문이다. 그 외의 시간에도 그가 바깥으로 나갈 때가 있다. 하지만 그의 외출은 단조롭다. 그의 외출은 '연꽃바다'를 품은 여다지 바닷가를 걷기 위해서나, 아내와 함께 인근 산에서 찻잎을 채취하기 위한 것 정도이다. 글 감옥에 갇혀 고통스러워하면서도 기꺼이 감수하며 그 일상을 게을리 하지 않는 사내, 그가 한승원 선생이다.

선생과 나와의 인연은 1994년으로 거슬러 올라간다. 나는 당시 『창작과비평』에 몇 편의 시를 발표하여 등단이라는 것을 하였다. 내 글이 잡지에 실린 것도 흥분되는 일이었지만, 골방에서 혼자 썼던 글이 다른 사람의 입에 거론되는 것은 신기하기까지 하였다. 그 무렵 나는 함께 문학공부를 하였던 문청들이나, 나에게 관심을 보인 여러 선배 문인들과의 술자리가 잦았다. 자고 나면 술 약속이 생겼는데, 나에게 전화를 건 이들은 하나같이 내가 베끼고 익힌 작품을 쓴 시인들이어서 나는 즐거이 그들과 자리를 함께하였다.

그렇게 보내고 있던 어느 날 아침이었다. 사실은 아침으로 기억되긴 하지만, 해가 중천에 떴을 무렵이었을 것이다. 전화벨이 울려 전화를 받았더니, 수화기에서 짱짱한 목소리가 흘러나왔다.

"이대흠 씨 되십니까?"

"네. 그렇습니다."

"나는 소설 쓰는 한승원이라고 합니다."

그 말을 듣는 순간, 머리꼭지까지 남아 있던 술기운이 한꺼번에 사라졌다. 그리고 나도 모르게 무릎을 꿇었다. 소설가 한승원이 누구이던가. 그와 동향인 나는 그의 이름을 어렸을 때부터 귀에 인이 박히도록 들어왔다. 장흥 출신 유명인 중 한승원, 이청준, 송기숙을 능가하는 인물은 없었다. 그 중 중고등학교의 선배였던 송기숙 선생과 한승원 선생의 이름은 아예 귀에 새겨졌다. 선생들이 자랑스러운 선배를 소개할 때 어김없이 나오는 이름이 송기숙, 한승원이었다. 이렇다 할 정치인이나 경제인이 없었던 벽지에서 그들의 이름은 우상이 되기에 충분하였던 것이다. 그들은 자랑스러운 선배였을 뿐만 아니라, 지역을 대표하는 명사들이었다.

그런 이름 중 하나가 한승원 선생이었는데, 그의 목소리를 직접 들은 것이었다. 그게 1994년 봄이었다. 나보다 한 철 앞서 선생의 따님인 한강 씨가 다른 잡지에 시를 발표하였다. 나는 그녀의 시를 읽으며, 자연스레 그녀의 부친인 한승원 선생을 떠올렸고, 유명 작가를 아버지로 둔 그녀가 부럽기도 하였다. 대 작가의 딸로 태어나 수많은 작품을 읽고 지도를 받았을 한강 씨는 얼마나 행복한 사람인가라는 생각을 했던 것이다. 지금 생각하면 엉뚱한 것이긴 하지만 그 당시에는 그런 생각을 하였다.

"예. 선생님!"

침대에서 떨어지듯 방바닥에 내려앉으며 무릎을 꿇는 내 모습은 우스꽝스럽기조차 하였을 것이다. 이마에 땀이 송골송골 맺혔다. 목소리도 떨렸다.

"우리 고향이 어떤 곳인데, 이상하게도 시인이 안 나오는 거예요. 그래서 시인이 안 나온다, 안 나온다 하고 있었는데……. 창비에 발표된 시 보고 반가워서 전화했어요."

나는 선생의 입에서 나온 '우리' 라는 말이 그렇게 좋을 수가 없었다. 중학교 때부터 쇠도록 들어왔던 이름이었고, 하물며 동네에서 바깥출입 좀 한다는 어른들도 어렵지 않게 거론했던 이름이 한승원 아니었던가. 그런 대단한 작가의 전화를, 직접, 받은 것이었으니, 그것은 그간 살아온 내 생 최대의 사건이었다.

"시가 아주 좋아요. 선이 굵고 스케일도 커서 굵직한 시인이 나왔구나, 하고 생각했어요."

선생의 칭찬 앞에 나는 연신 굽실거리며, 한강 씨가 발표한 시에 대한 이야기를 하였고, 선생은 허허 웃었다.

"그렇던가요? 강이야 강이고, 여하튼 고마워요. 그런데 이대흠 시인."

"네, 선생님."

"장흥이 어떤 곳입니까. 천관산, 제암산도 그렇지만, 사자산, 부용산, 수리봉 명산이 얼마나 많은 곳입니까. 좋은 곳에서 났으니, 부지런히 노력해 큰 시인이 되세요."

어쩌면 선생은 내게 이름에 쓰는 한자를 물었던 것도 같다. 거기에 덧붙여 덕담을 하였을 것이고, 그 덕담 끝에 큰 시인이 되라는 당부를 하셨던 것도 같다. 나는 '큰 시인' 이라는 말을 듣는 순간 숨이 턱 막혔다. 과음을 하였던 탓에 목이 말랐지만, 어른을 기다리라고 할 수도 없는 노릇이었다.

"그런데 말입니다. 이 시인."

"네, 선생님."

"혹시 소설은 안 썼어요?"

"네. 학교 다닐 때 억지로 썼던 것 말고는 소설은 쓰지 않았습니다."

"시를 읽다 보니까, 문장이 탄탄하고 힘이 있어서 소설을 썼을 것 같은데?"

"아닙니다, 선생님."

"그러면 앞으로 소설도 쓰세요. 시인의 시를 읽다 보면, 소설을 쓸 수 있는 시인과 그렇지 않는 시인이 있는데, 이 시인은 소설을 쓸 사람입니다. 소설을 한 번 생각해 봐요. 쓰면 아주 잘 쓸 겁니다."

선생의 그 말을 당시의 나는 귀 뒤로 흘렸다. 그런데 선생의 예언은 불과 5년 후에 입증이 되었다. 나는 어쩌다 소설을 쓰게 되었고, 1999년 『작가세계』 신인상으로 소설가로서의 명함도 갖게 되었던 것이다.

그런데 그 후로도 선생과의 관계에는 진전이 없었다. 그렇게 영광스러운 전화를 받았던 나는 선생께 전화번호도 여쭙지 못하고 그만 전화를 끊었던 것이다. 물론 출판사를 통해 전화번호를 알려고 했다면 방법은 있었을 것이다. 지금 생각해보면 한 번쯤은 선생을 찾아뵈었어야 옳았다. 선생 댁과 내가 살았던 곳은 거리상으로도 얼마 되지 않았으니, 나의 무성의함은 그대로 드러난다. 하지만 선생을 부러 찾아뵙지 않았던 것은 나의 정성 부족 때문이 아니라, 나의 성격 탓이다. 나는 선생을 함부로 찾아뵙기가 두려웠던 것이다.

세월이 흘렀다. 서울에서 살았던 선생과 나는 거의 비슷한 시기에 낙향을 하였다. 선생은 고향인 장흥의 한 바닷가에 안착을 하였고, 나는 고향 근처의 대도시인 광주에 비상 착륙을 하였다.

고향으로 돌아온 선생은 왕성한 창작력으로 해마다 몇 권의 책을 묶어 내었고, 되지도 않은 장사에 매달려 있었던 나는 원형탈모에 시달리고 있었다. 그때도 먼저 손을 건넨 이는 선생이었다. 어느 날 선생은 여러 명의 제자를 이끌고 내가 운영하고 있던 가게를 찾았다. 그리고 운영이 어려운 가게를 붙들고 고군분투하고 있는 내 모습이 안타까워서인지, 선생은 자주 그 가게를 찾아

주었다.

하지만 나는 가게를 그만둔 후에도 선생의 토굴을 찾을 생각도 하지 못했다. 오히려 선생에 대한 소식은 다른 사람의 입을 통해 들었다. 장흥에 살고 있었던 벗이나 선후배들이 선생의 근황을 알려 주었던 것이다. 때론 삿된 무리들이 선생을 이용하려 한다는 말을 들었을 때는 선생을 찾아뵙고 한 말씀 올리고 싶기도 하였다. 하지만 그러지 못했다 섣불리 무슨 말을 하였을 때 선생께서 하실 말씀을 짐작할 수 없었다.

기껏 선생을 뵌 것은 선생의 초대 강의가 있는 곳을 찾아가 먼발치에서였을 뿐이었다. 그러다 선생의 작업실인 '해산토굴' 을 찾아갈 기회가 왔다. 선생은 반갑게 맞아 주었다. 연꽃바다를 바라보며 선생이 직접 덖었다는 차를 마셨다. 선생은 작업실을 따로 마련할 계획이라고 하였다. 차향이 번지는 거실에서 선생의 입을 통해 나온 말은 향기로웠다. 나는 틈틈이 선생의 말씀을 적었다.

선생과 함께 마당으로 나갔다. 마당에는 석탑 한 기가 있었다. 보림사 삼층석탑을 그대로 베낀 것이라고 하였다. 선생은 운주사 원형석탑과 같은 석탑을 나란히 세워두고 싶었지만, 그 바람을 이루지 못했다고 하였다. 여름이었고, 연못에는 연꽃이 만개해 있었다.

"연꽃은 말이다. 아침 여덟 시쯤에 피어나기 시작해서 열두 시에 만개한다. 그러다 오후 네 시쯤 되면 오그라들어, 밤이 되면 물속으로 쏙 들어가 버린다."

연꽃을 많이 보기는 하였지만, 미처 깨닫지 못했던 연의 생리였다.

"향초야. 향초야."

선생의 나지막한 부름에 답을 하는 듯, 황금잉어 떼가 몰려들었다.

"추사의 시에 보면 이런 구절이 있다. '정좌처 다반향초 묘용시 수류화개(靜坐處 茶半香初 妙用時 水流花開)' 라고 거기서 따왔다."

선생의 소설 초의가 막 발행되었을 때인데, 선생은 벌써 추사를 준비하고 있었던 것이다.

"고요히 앉아 있는 곳에서는 차를 반쯤 우렸을 때의 첫 향기와 같고, 미요하게 움직였을 때는 물 흐르고 꽃 피듯 한다는 말인데……."

공부가 부족한 후배를 위해 선생은 해석까지 해 주었다.

"저기 저 연꽃 있지? 아직 피지 않았는데, 저것이 백련이다."

"피지도 않았는데, 어떻게 아세요?"

"백련과 홍련은 말이다. 잎이 다르다. 잎이 저렇게 벌어진 것은 백련 잎이고, 다물고 있는 것은 홍련 잎이다. 이 연못에 백련은 저것 한 그루밖에 없다."

선생은 '해산토굴' 이라는 입간판 때문에 생긴 일화를 이야기하였다. 어떤 날 고급 승용차 한 대가 들어왔는데, 승용차를 타고 온 사람이 난데없이 "여기 새우젓 파는 뎁니까?" 하고 물었다. 그 말을 들은 선생은 처음에는 어이가 없었지만, 이내 그 말을 다른 의미로 받아들였다. 새우젓 장사의 그 말을 들으며, '내 글도 젓갈이 발효되듯 깊어져야 하니, 그 말이 옳구나.' 라고 생각을 고쳤다 하였다.

그리고 선생은 글 감옥에 대한 이야기를 하였다. 손암 정약전 선생에 대한 소설을 쓰기 위해 흑산도에 갔던 얘기도 곁들였다. 유배는 유배이지만, 스스로가 만든 감옥에 대한 말을 들으면서 나는 나의 게으름을 반성했다. 선생은 매일 새벽 5시 30분에 일어나 글을 쓴다고 했다. 차를 마시고 글을 쓰면서 답답한 때면 창문을 통해 바다를 바라보며, 연꽃 바다에서 연꽃 봉오리 터지는 모습과 연꽃이 수줍게 안개 옷을 입는 모습을 바라본다고 하였다.

그렇지만 위리안치와 같은 신세이지만, 선생은 그 글 감옥이 즐겁다고 하였다. 마당에 나가면 감나무로 현신해 있는 관세음보살을 만날 수 있고, 작업실 뒷산에 사는 새들은 선생의 소중한 도반들이다. 선생의 산문을 직접 인용해보자.

> 내 작가실인 해산토굴 뒷산에 박새와 뻐꾹새, 꿩과 부엉이가 산다. 박새는 대밭과 감나무 사이를 오가며 '비이비이' 울어서 내 작은 실존을 일깨워 준다. 뻐꾹새는 '뻐꾹뻐꾹' 하고 울어서 고향마을에서의 싱싱한 젊은 날을 그리워하게 한다. 꿩은 까투리를 거느리고 다니면서 죽로차 밭 바닥을 뒤지다가 꿩꿩 포드득 하고 날아가곤 함으로써, 가족 사랑을 생각하게

한다. 부엉이는 밤이면 '부엉 부엉' 하고 울어서 막막하게 잠들어 있는 내 영혼을 문득 깨어나게 하곤 한다. 그 부엉이는 내 사전에 '황혼이 되면 날기 시작하는 미네르바의 부엉이'로 기록되어 있다.

– 한승원 「미네르바의 부엉이」 중에서

제우스의 머리를 쪼개고서 태어난 지혜의 여신 미네르바. 미네르바는 항상 옆구리에 부엉이 한 마리를 끼고 다니면서 부엉이로부터 지혜를 얻곤 했다 한다. 선생의 뒷산의 부엉이를 미네르바의 부엉이로 인식한다. 선생이 미망(迷妄)에 빠질 때마다 부엉이는 꾸짖고, 이기적인 마음을 먹을 때나, 혼자만의 생각에 갇혀 있을 때 어김없이 '부엉부엉' 소리를 내어 깨어나게 한다는 것이다.

선생과 나는 여다지 바닷가로 나갔다. 바닷물이 빠져나간 여다지는 쭈꾸미를 잡기 위해 그물이 쌓여 있었다. 소라껍질이 매달린 그물인데, 그물을 바닷물에 담그면, 쭈꾸미가 제 집인 줄 알고, 소라껍질 속으로 들어간다고 하였다. 해 저무는 바다에서 물고기가 뛰었다. 선생은 바다와 오래 있어 봐서인지, 뛰는 물고기의 종류까지 알고 있었다. 이야기는 식당에 가서도 이어졌다. 먹고사는 문제로 허덕이는 내게 선생은 소설에 미치라고 하였다.

"나도 젊어서는 힘들었는데, 소설에 미쳐 살았더니, 이제는 밥 먹을 정도가 되더라. 힘들다고 포기하지 말고, 대흠이 너도 소설에 미쳐버려라."

선생은 지금도 '광기(狂氣)'라는 글자를 작업실 벽에 붙여놓고 글을 쓴다고 하였다.

그 후에도 선생을 뵐 기회는 많았다. 뵐 때마다 선생의 말씀은 내게 많은 것을 주었다. 때로는 선생께서 들은 말씀을 바탕으로 작품을 쓰기도 하였다. 어느 해였던가. 선생은 '달몸살'에 대해 말하였다.

"지금 바다에 나가보면, 개펄이 다 드러나 있을 것이다."

"그걸 어떻게 아세요?"

"달이 뜨고 달이 질 때 바닷물만 들고 나는 줄 알았지야? 달몸살이란 것이 있다. 사람 몸도 결국 90프로 이상이 물 아니냐. 그러니 달의 인력에 따라 몸 안의 물도 들고 나는 것이지. 그래서 썰물 때는 괜히 우울해지고, 밀물 때는 생기가 돌고 활력이 넘친다."

달의 인력에 바닷물이 움직이듯 몸 안의 물도 만조가 되고 간조가 된다는 선생의 말을 들으며, 나는 선생이 우주와 한 호흡이 되어 살고 있다고 생각하였다. 그 자리에서 선생의 말을 적어둔 나는 후에 '달몸살'이라는 시를 써서 발표하였다. 나중에 선생께 그 작품을 보여드렸더니, 선생은 환하게 웃으며, "좋다야. 시인이 쓰니까, 이렇게도 되는구나." 하였다.

선생과의 인연을 오래 맺다보니, 재미있는 일도 있었다. 어느 해이었던가. 나는 애써 쓴 장편소설을 모 문학상에 응모하였다. 그런데 문학상 수상자가 정해질 무렵에 전화 한 통이 걸려왔다. 전화를 건 이는 그 문학상을 주관하고 있었던 출판사의 대표였다. 나는 당선 통보를 받는 줄 알고 기분이 좋았다. 흔히 투고를 한 후에 걸려온 전화는 투고자의 이름을 확인하고, 당선 통보를 해 주는 것이 보통이었다. 그런데 출판사의 대표는 내가 듣고자 하는 말은 하지 않았다.

"장만호 씨 되십니까?"

"네. 맞는데요."

"그런데 말입니다. 장만호 씨. 그 이름 가명이지요?"

나는 순간 당혹스러웠다. 가명이면 어떻고 실명이면 어떻단 말인가. 그의 말에 내 말이 꼬였다. 거짓말을 할 수는 없는 노릇이었다. 가명임을 확인한 그가 이번에는 끈질기게 나의 실명을 물었다. 엉뚱한 일이었다.

"심사가 끝났습니까?"

나는 경직된 말투로 물었다.

"그건 아닙니다. 지금 최종심을 보고 있는데요."

"그런데 왜 실명을 묻는 것입니까?"

"소설의 배경이 된 곳이 전남 장흥 같은데……. 심사위원 선생님들이 이 소설을 쓴 사람이 누구인지 알 것 같다면서 꼭 좀 알아봐 달라고 해서 그럽니다."

"소설에 대해 심사만 하면 되는 것이지, 작가를 알아서 뭐한다고요?"

한참 동안 말이 오가도록 나는 실명을 밝히지 않았다. 최종심에 오른 작품이 두 편인데, 그중 하나가 내가 보낸 소설이라는 말도 들었다.

"이대흠 씨지요?"

한참 침묵을 지키던 그가 말했다. 나는 허허 웃어버리고 말았다. 지금도 그가 왜 전화를 걸어서 실명을 확인하려 했는지 그 이유는 알 수 없다. 하지만 출판사 대표가 전화까지 걸어 실명을 확인하였지만, 나는 그 문학상에서 보기 좋게 떨어지고 말았다.

후에 당선작이 발표되고, 심사를 맡은 분 중 한 분이 한승원 선생이라는 것을 알게 되었다. 많은 생각을 한 후에 선생께 전화를 드렸다. 약간은 서운한 감정도 있었던 것이 사실이다. 그런데 선생은 그런 나의 머릿속을 훤히 보고 있었다.

"왜? 서운하냐?"

선생의 첫마디가 그랬다.

"아닙니다. 선생님."

"애썼더라만, 그냥 그대로 발표하기에는 아깝다는 생각이 들었다."

선생의 말씀은 길게 이어졌다. 좋은 점에 대한 얘기도 있었지만, 보완해야 할 점에 대해서 구체적으로 말씀을 해 주셨다. 선생의 말을 들으며 선생을 향해 쌓여 있던 서운한 감정이 말끔히 사라졌다.

"그 작품이 너로서는 첫 소설인데, 조금 더 욕심을 내 보거라."

선생은 어떻게 하는 것이 아끼는 것인지를 보여주었던 것이다. 그 후 선생의 지적대로 소설을 수정하고 보완한 나는 몇 년이 지나서야 겨우 그 작품을 출간할 수 있었다.

찾아갈 때마다 선생은 많은 말씀을 해주었다. 그 말씀은 어디에서도 들을 수 없는 것이었기에 선생을 뵐 때마다 내 수첩에는 깨알 같은 글씨가 무수히도 박혔다. 그렇게 띄엄띄엄 선생의 가르침을 받았던 나는 결국 선생과 사제의 연을 맺게 되었는데, 선생이 출강하고 있던 대학에 편입을 한 것이었다.

선생의 강의는 막힘이 없었고, 친절했다. 선생은 칭찬을 많이 하였고, 수준이하의 작품을 평할 때도 허투루 하지 않았다. 선생의 강의는 강의실 밖에까지 이어지기 일쑤였는데, 선생의 강의가 끝날 때쯤이면 점심시간이었다. 나는 특별한 일정이 없는 한 선생과 식사를 같이하였는데, 나 하나만 동행한 적은 한 번도 없었다. 선생은 여러 명의 제자들과 점심을 함께하였고, 밥값은 항상 선생이 감당하였다. 아마 선생이 학교에서 받은 강의료보다 제자들을 위해 쓴 돈이 더 많았을 것이다. 그런데도 선생은 늘 웃었다. 우리는 어미 제비가 물어다 준 먹이를 낚아채는 제비새끼처럼 입만 벌려 배를 채웠다. 거기다가 선생의 명강의를 들을 수 있었으니, 금상첨화였던 셈이다.

강의실에서의 강의와 교실 밖의 강의는 차원이 달랐다. 선생은 동양철학에서부터 불교철학과 향토사에 이르기까지 거침이 없었다. 나는 선생을 통해서 억불산 며느리 바위의 의미를 새롭게 알게 되었으며, 운주사의 중장터에 대한 생각도 넓힐 수 있었다. 역사 인물에 대한 이야기도 끝이 없었다. 초의에서 추사로, 추사에서 약전으로 이어진 이야기는 이전에는 어디에서도 들어볼 수 없었던 내용이 많았다. 선생은 그런 정보를 얻기 위해 수많은 고서를 뒤지고, 여러 차례 취재를 하였겠지만, 제자들에게는 공으로 퍼주었다.

선생과 인연을 맺은 것도 벌써 십여 년이 되었다. 하지만 나는 선생을 자주 찾아뵙지는 못한다. 가장 최근에 찾아뵌 것이 작년 추석이니, 나의 무심함을 탓한다고 하여도 변명할 말이 없다. 작년 추석에 찾아뵈었을 때였다. 여럿이서 식사를 하였는데, 일행 중 한 명이 식비를 계산해 버렸다. 그러자 선생이 크게 웃으면서 말했다.

"마누라가 입 자크는 닫고 지갑 자크는 열라고 했는데, 또 욕 묵겄다."

선생의 한마디에 모두 유쾌해졌다. 그날 선생은 일행들에게 한마디씩 하였다. 내게는 '개긴다' 는 말과 '미친다' 는 말을 해주었다.

"주위에 소설가들 보니까, 개기고 미친놈만 살아남더라. 힘들더라도 소설 쓰는 것 놓지 않고 개기는 놈이 살아남지, 어영부영 휩쓸린 사람은 결국 사라지고 없더라. 한 번 주위를 봐 봐라."

선생은 몇 사람의 실명까지 거론해가며, 글쓰기를 게을리 하지 말 것을 당부하였다. 선생의 말씀을 들으면서 참으로 부끄러웠다. 나이 든 스승은 글 감옥에 스스로를 가두고 용맹 정진 하고 있는데, 나는 무엇을 했단 말인가. 선생의 말씀을 들으며 다짐을 한 나는, 선생을 뵙고 돌아온 후 글 감옥에 나를 가두어 보았다. 불과 몇 개월에 불과하였지만, 선생처럼 산다는 것이 얼마나 힘든 것인지는 짐작할 수 있었다.

하지만 생활의 올가미는 내게서 떠나지 않았다. 부지런히 글을 쓰기는 하지만 생활비도 되지 않는 상태인지라 어떨 때는 숨이 탁 막혔다. 그럴 때마다 나는 선생의 말씀을 떠올리며 스스로를 꾸짖었다.

선생의 가르침은 말씀으로만 이루어지지 않았다. 고향에 와서 삿된 사람들이 선생을 이용하려 하였을 때, 선생의 처신은 분명한 것이었고, 흔들림이 없었다. 뿐만 아니라 다음과 같은 일화는 소설가로서의 위의를 지키고자 하는 선생의 자세를 잘 드러낸 것이라 할 것이다.

선생이 귀향한 지 얼마 지나지 않았을 때의 일이다. 한 번은 내로라하는 한 기업가의 전기를 써달라는 청탁이 들어왔다. 고인이 된 기업가를 위해 자식들이 나서서 선생께 부탁을 한 것이다. 인세니 뭐니 따져 보았더니 2억 정도의 수입이 보장된 일이었다. 그런데 선생은 그 제안을 정중히 거절하였다. 기업가를 위해 글을 쓰는 것도 의미가 있을지 모르지만, 소설가가 소설을 쓴다는 본디 자리를 벗어나기 싫어서였다.

나는 선생의 그 일화를 떠올리며, 작가의 자세를 가다듬는다. 과연 나에게 그런 청탁이 들어왔을 때, 나는 어떻게 할 것인가. 2억이면 몇 년간은 생활고에 시달리지 않고, 쓰고 싶은 글만 쓰면서 살 수 있는 비용이 아닌가. 만약 선생의 위치에 내가 있었다면 어떤 판단을 하였을까. 생각할수록 선생의 위치가 아득한 높이에 있음을 실감한다.

선생이 고향 바닷가에 토굴을 짓고 머문 지도 십 년이 넘었다. 선생은 동안 여러 권의 소설집과 장편소설을 출간하였고, 초의, 추사, 다산, 약전 등 우리 역사의 중요한 인물들을 소설 속에 다시 살게 하였다. 사실 이런 인물들에 대한 소설은 선생이 아니라면 엄두를 내기에도 힘들었을 것이다. 그런데도 선생은 여전히 지칠 줄 모른 채 글 감옥에 갇혀 있다.

지금 이 땅에는 글 감옥에 갇힌 사람들이 꽤 있을 것이나, 그중 가장 지독하게 자신을 가둔 장기수는 선생일 것이다. 그런 선생에게 작년 한 해는 큰 의미가 있는 해였다. 오랜 연구와 취재를 바탕으로 소설 『추사』를 세상에 내보였고, 네 번째 시집인 『달 긷는 집』을 상재했다. 그리고 작년은 선생이 문단에 나온 지 40년이 된 해이기도 하였으며, 선생의 문학관인 『달 긷는 집』이 문을 연 해이기도 하였다. 그럼에도 불구하고 선생께 중요한 일이 있을 때마다 나는 정작 곁에 있어보질 못했다. 다만 글이 되지 않을 때, 선생처럼 부지런히 공부하고, 선생처럼 열심히 쓰면 된다. 그 절반의 노력도 하지 않고 포기할 수는 없노라고 마음의 죽비로 내 안의 어둠을 쫓을 뿐이다.

소설가이면서 시인이라서인지 선생의 소설을 읽다 보면 시적인 문장을 발견하는 것이 어렵지 않다. 그런 선생의 산문이나 소설을 읽으며 가슴에 새긴 문장이 한둘이 아니지만, 어느 소설에서 읽은 다음과 같은 문장은 큰 글씨로 뽑아서 아예 책상 앞에 붙여 놓기도 하였다.

피오롤 끼오롱 끼르르 삐르르 풀벌레가 운다.

– 한승원 소설 『초의』 중에서

음성 상징어가 이렇게 빼어나게 사용된 예를 본 적이 없다. 탁월한 시다. 하지만 이 글은 소설 속의 한 문장이다. 반복해서 글을 읽다보니 입 안에 차향이 고이는 것 같다. 이제 찻잎을 딸 시기가 되었다. 선생은 또 손수 차를 따고 덖어서 차향에 빠져 지낼 것이다. 선생께서 따라 주시던 차 한 잔이 그립다. 선생의 몸이 우려진 '해산토굴' 의 공기가 만져질 것 같은 날이다.

탐진강 추억 한 사발 삼천 원 이대흠 산문집

초판1쇄 찍은 날 | 2015년 12월 30일
재판1쇄 찍은 날 | 2016년 12월 8일

지은이 | 이대흠
펴낸이 | 송광룡
펴낸곳 | 문학들
등록 | 2005년 8월 24일 제2005 1-2호
주소 | 61489 광주광역시 동구 천변우로 487(학동) 2층
전화 | 062-651-6968
팩스 | 062-651-9690
전자우편 | munhakdle@hanmail.net
값 13,000원

ISBN 979-11-86530-20-7 03810

· 이 책은 전남문화예술재단의
창작지원금(2015)을 지원받았습니다.